EIN PERRY RHODAN-TASCHENBUCH

Hans Kneifel

Das Buch der Kriege

VERLAGSUNION ERICH PABEL-ARTHUR MOEWIG KG,
7550 RASTATT

PERRY RHODAN-Taschenbuch
erscheint monatlich in der Verlagsunion Erich Pabel-
Arthur Moewig KG, 7550 Rastatt

– Originalausgabe –
Titelbild: Johnny Bruck
Redaktion: Dr. Florian F. Marzin
Vertrieb: Verlagsunion Erich Pabel-Arthur Moewig KG, 7550 Rastatt
Druck und Bindung: Elsnerdruck, Berlin

Alleinvertrieb und Auslieferung in Österreich:
Pressegroßvertrieb Salzburg Gesellschaft m.b.H.,
Niederalm 300, A-5081 Anif
Einzelheft-Nachbestellungen richten Sie bitte an:
TRANSGALAXIS-Buchversand, Postfach 1127,
6382 Friedrichsdorf/Taunus
Lieferung erfolgt gegen Vorkasse (zuzügl. DM 3,– Versandkosten),
per Nachnahme (zuzügl. DM 6,– Versandkosten) oder gegen Rechnung
(zuzügl. DM 3,– Versandkosten).
Abonnement-Bestellungen sind zu richten an:
Verlagsunion Erich Pabel-Arthur Moewig KG, 7550 Rastatt
Lieferung erfolgt zum Verkaufspreis plus ortsüblicher Zustellgebühr
Printed in Germany 1990
ISBN 3-8118-5173-X

1.

„Jenseits des Morgengrauens wartet zitternd der Tag.“
Amir Darcy Boog

Das Läutwerk der Planetenuhr erklang. Der Nachhall der Schläge von zwei fast identischen Uhren war wie das Zirpen silberner Grillen. Ich hob den Blick und konnte meine Überraschung nicht laut äußern: Noch arbeiteten meine Stimmbänder nicht. Zwei jener Kunstwerke standen auf dem Sims, aber das zweite Maschinchen zeigte deutlich seine Zifferblätter von arkonidischer Übersichtlichkeit. Ich lauschte dem letzten Schlag hinterher und erkannte mühsam eine denkenswerte Zahlenkombination:

9797

Ich blinzelte, verwirrt wie immer, wenn ich aus dem langen Schlaf geweckt wurde. Riancor schob sich in den Bereich meiner verschleierten Blicke.

„Es ist“, sagte er, „die Anzahl der Jahre, die wir seit der Katastrophe hier verbringen. Seit dem Untergang von Port Atlopolis.“

Ich gab einen undeutbaren Laut von mir.

„Nein. Du bist nicht allein wegen dieses einzigartig traurigen Jubiläums geweckt worden.“

Wieder blinzelte ich. Die Zeiger schienen doppelt über die bizarren Symbole der vielen Zifferblätter zu torkeln.

„Der Roboter baute die Uhr. Wir haben damit das taktile Feingefühl und die Feinstmotorik seiner Finger geübt.“

Riancor meinte offensichtlich seine Schöpfung, jenen sprachverwirrten Roboter namens Synonymus Eins.

„Überdies schreibt diese Welt heute den Jahrestag der Erdolchung von Gaius Julius Caesar."

Der Logiksektor stotterte:

Die Iden des Martius, der fünfzehnte März.

Ich verrechnete mich heillos, als ich das Jahr zu bestimmen versuchte, Zeiger und Ziffern der Uhren schienen sich förmlich zu verknoten. Die Zifferblätter lösten sich vor meinen Augen zu breiig verlaufenden Ovalen auf.

Riancor half mir mit der richtigen Jahreszahl.

„Anno Domini tausendsiebenhundertachtundneunzig."

Noch immer begriff ich die Bedeutung der Bilder nicht, die dreidimensional vor den Schirmen entstanden waren. Ich schloß die Augen. Wieder überkam mich unwiderstehliche Müdigkeit.

Neue, verwirrende Bilder drangen auf mich ein: Ich wußte nicht einmal, ob ich nur Betrachter jener Szenen gewesen war, die jetzt wiederholt wurden. Oder war ich Augenzeuge, Teilnehmer, eine der Hauptfiguren gewesen? In meinem verwirrten, geschwächten Zustand konnte ich nicht sicher sein. Unfähig, mich zu bewegen, ließ ich die Informationsflut auf mich einwirken.

Tausende braunhäutiger Menschen, manche von ihnen nackt, waren auf den schrägen Rampen aus Lehmziegeln unterwegs und zerrten Steinblöcke über nassen Sand und schlüpfrig gemachte Bohlen aus weichfaserigem Palmenholz. Eine Elle nach der anderen wuchs die Pyramide.

Die Rôme – die Griechen nannten sie sehr viel später Aigyptioi, Ägypter – sangen, lachten und schwitzten, tauschten derbe Zurufe aus und errichteten nach fein ausgerechneten Plänen das Grabmal für den „Horus der zwei Horizonte“, für den Gottkönig im Per-Ao, dem Großen Haus. Gnadenlos brannte die Sonne vom herrlichen blauen Himmel des Landes am Strom, dessen nährender Schlamm bleigrau das gesamte Tal ausfüllte.

Andere Eindrücke faszinierten mich, lenkten meinen Verstand von dem qualvollen Zustand der halben Lähmung ab:

Ein seltsamer Turm, dessen Mauerwerk sich bei genauerer Betrachtung als makabre Folge von Steinbrokken, einer Art Mörtel und menschlichen Totenschädeln erwies. Ich stöhnte unwillkürlich; manche Knochen waren noch von Haut und Haaren bedeckt. Die Bauwerke des Timur i Lenk oder Tamerlan waren die einzigen intakten Gebäude entlang der Schneisen der Vernichtung, die seine Heere durch das Land legten.

Die Städte, die er erobert hatte, fielen dem Vergessen anheim. Sie waren vernichtet und beraubt, in Schutt und Asche gelegt. Die einzigen Bewohner blieben Ratten, Geier, Schakale und Raben.

Die Felder waren verbrannt. In den Fruchtgärten hingen an den wenigen Bäumen, die stehengeblieben waren, faulende Leichen. Die schauerlichen Türme schrumpften dem Horizont entgegen, und ich versuchte mich zu erinnern, ob ich wirklich auf den Spuren Tamerlans geritten war.

Bevor eine neue Welle der Erschöpfung einsetzte, verengte sich mein Blickfeld zu einem Tunnel. Überlegungen und Empfindungen wurden schal und sinnlos. Eine Gestalt schob sich vor das trübe Bild, das meine Augen sahen. Diesmal glaubte ich mich an die junge Frau deutlich zu erinnern. Die Stimme des Roboters wurde zu einem unergründlichen Murmeln; er sagte:

„Joelle sortiert Inkunabeln. Sie ist unser Gast und unterzieht sich gewissen Hypnoschulungen.“

Ich begriff dumpf. *Revolution.* Dann schlief ich wieder

ein und wachte irgendwann auf. Diesmal war ich bewußter und fühlbar gestärkt. Sämtliche Schirme zeigten holografische Informationen, alle Lautsprecher gaben Geräusche, Lieder, Schreie und Ausschnitte von bekannten Reden wieder.

Maximilien-François de Robespierre erklärte kalt:

„Wer zittert, ist schuldig! Kopf ab!“

Antoine Quentin Fouquier, Vorsitzender des Revolutionstribunals, begründete schreiend sein Urteil gegen einen Wissenschaftler:

„Die Republik braucht keine Gelehrten und keine Chemiker. Aufs Schaffott!“

Riancor sagte:

„Robespierre ist tot, enthauptet am zehnten Thermidor oder achtundzwanzigsten Juli.“

Schriftblöcke entstanden und erinnerten mich mit schmerzlicher Eindringlichkeit an die Jahre des wahnsinnigen Tötens.

„Die Guillotine ist heilig“, sagte Jaques-René Hébert. Marat tot, Charlotte de Corday, Gräfin Du Barry, Lavoisier Friedrich Freiherr von der Trenck, der Dichter Chénier – alle tot. Abbé de Fénelon, Astronom Bailly, Prinzessin Grimaldi' A.Q. Fouquier selbst, auch Danton – alle geköpft. Zusammen mit mehr als zwanzigtausend anderen Opfern der Hinrichtungsmaschine. Und zwar zur selben Zeit, als die Französische Akademie endlich ein logisches, weil „metrisches“ System durchgesetzt hatte. Natürlich mußten die Revolutionäre in ihrer für Barbaren typischen Übertreibung auch den Tag- und Nachtwechsel, die Mondphasen, den Jahresablauf und den Gang der Gestirne in das Korsett des Dezimalsystems zwängen.

„Fast niemand hat überlebt“, sagte Riancor leise. „Jetzt scheint aus dem Wirrwarr ein bemerkenswerter Mann den Ausweg erkannt zu haben. Es ist zu errechnen, daß er seinen Weg zu gehen weiß.“

Ich beschränkte mich aufs Zuhören und auf ernsthafte Versuche, die Bilderflut richtig einzuordnen.

„Die Schreckensherrschaft der Revolution“, sagte plötzlich eine helle, frische Stimme voll distanzierter Anteilnahme, „verschlang sich selbst, voll hungriger Gier, bis sich dieses ungeheuerliche Töten selbst erschöpfte.“

Ich wandte den Kopf. „Joelle?“

Sie tänzelte heran, einen Stapel Einzelblätter eines Wiegedrucks in den Händen. Ihr braunes Haar lag eng am Kopf, prüfend betrachteten mich ihre grauen Augen, Joelle Corny, inzwischen zweiundzwanzig Jahre jung, wenn ich richtig gerechnet hatte, trug einen Pagenanzug und sah entzückend normal und fröhlich aus.

„Du fühlst dich offensichtlich wohl in unserer Höhle?“ fragte ich heiser.

„Ich lerne und verstehe jeden Tag mehr von euch“, antwortete sie lächelnd. „Praxis tou Periplanomeni, lese ich hier. Über dich oder Riancor?“

Die Taten des wandernden Mannes, übersetzte mein Extrasinn aus dem Griechischen. Die Blätter aus der Frühzeit des Buchdrucks sahen aus wie handgeschrieben und waren mit Zeichnungen und Bordüren ausgeschmückt. Ich schüttelte mit schmerzenden Muskeln den Kopf.

„Über wirklich wichtigen Männer“, meinte ich. Joelle bewegte sich völlig unbeeindruckt von meiner hinfälligen Erscheinung.

„Für mich seid ihr die wichtigen Männer“, sagte sie. „Kommt ihr nach Beauvallon? Es ist später Frühling dort.“

„Wir kommen“, versprach ich. „Lies nicht zuviel in den Drucken, denn auch das Wissen lag damals in den Windeln, in der Wiege. Es gibt viele neue Kenntnisse.“

„Ich weiß, Kometensegler!“ rief sie und tänzelte davon.

Die revolutionäre Bewegung hatte den letzten Rest Vernunft weggeschwemmt und unschätzbare Kulturstätten vernichtet: Abtei Cluny, Fontenoy, Saint Wandrille? Die Kirche St. Jaques in Paris, etwa hundert Klöster, das Seminar von St. Sulpice, das Schloß Marly? Baudenkmäler endeten als Steinbruch oder verschwanden stückweise in den Kalkbrennöfen.

Von Notre-Dame in Paris wurden fast drei Dutzend Königsstatuen von den Sockeln gestürzt, obwohl es „archaische Könige aus dem Morgenland“ waren; Abbé Grégoire bezeichnete das eifernde Wüten als „Vandalismus“. Die Provinzen versanken in kulturelle Abenddämmerung. Rückständigkeit breitete sich wieder dort aus, wo Colbert sie einst mit seinen Manufakturen hatte bekämpfen wollen. Die Bilanz unserer unvollkommenen Analysen war erschütternd.

Noch bevor ich die entscheidende Frage stellen konnte, sagte Riancor:

„Unsere Geräte konnten keine Anwesenheit von Nahith Nonfarmale aufspüren. Vielleicht hast du ihn wirklich besiegt.“

„Ich bleibe skeptisch“, sagte ich und ahnte, daß weder die Folgen der Revolution überwunden noch Nonfarmale wirklich ausgeschaltet worden waren.

„Mißtrauen ist angebracht“, sagte der Roboter. „Es ist der reine Symbolismus, der mich veranlaßt hat, dich zu wecken. Die drei Buchstaben N, die Jahreszahl auf der Uhr, die Sorge um Beauvallon und viele Entwicklungen, die mehr vernünftige Dynamik versprechen als je zuvor.“

„Welche drei N?“

„Nelson, Napoleon und Nonfarmale.“

„Wer hätte das je erwartet“, stöhnte ich. „Ein abergläubischer Roboter!“

„Das sagte auch schon Amir Darcy Boog. Du wirst dich

wundern, wenn du ihn siehst. Große Fortschritte, auch bei den letzten Tests des Raumschiffs."

„Ich bin noch nicht in der Lage", sagte ich und gähnte, daß meine Kieferknochen krachten, „aber ich bin immerhin auf dem Weg, meinen Körper bewegen zu können."

„Am fünfzehnten April beherrschst du wieder sämtliche Techniken der ARK SUMMIA", sagte Riancor überzeugt. Ich dachte an Yodoyas Inselchen, an das Land der hüpfenden Beuteltiere und an den roten Wein in den Kellern von Le Sagittaire.

Marco führte eine ungewisse Geste aus, neigte den Kopf und berichtete mir eine weitere Kuriosität.

„In ganz Indien sind alle Tiere anders als in unseren Ländern. Fledermäuse sind so groß wie Geier, und die Geier sind rabenschwarz."

Ich hob die Teeschale, tat einen guten Schluck gewürzten Reisschnaps hinein und schüttelte den Kopf. Ich lächelte nachsichtig.

„Schwarze Geier gibt's, aber keine Fledermäuse, die jene Größe erreichen. Ihr habt Euch, um in der Tierwelt zu bleiben, einen Bären aufbinden lassen."

Die Brüder Nicolo und Matteo schwiegen und lächelten. Marco meinte:

„Ihr seid sicher, Messer Antal? Nicht so groß?"

„Nein. Auch stimmen viele andere Geschichten, die Euch aufgetischt wurden, nur in vagen Umrissen."

Die drei Polos befanden sich auf der langen Rückreise nach Venetia. Im Hafen von Daibul fielen Ausländer rasch auf; so machten sie meine Bekanntschaft. Wir saßen auf der Dachterrasse des kleinen Hauses. Kühler Nachtwind zupfte am Sonnensegel und blähte die Insektenvorhänge.

„Nicht das, was ich selbst gesehen habe!" beharrte Marco Polo.

„Woher wißt Ihr, daß Tische und Dächer in Zipangu aus massivem Gold sind?"

„Man hat es mir berichtet. Leute, die im Palast waren."

„Die Zipangu-Samurai schlachten auch nicht die Gefangenen und essen sie in der Gesellschaft von Verwandten und Freunden", sagte ich. „Und ihre Götzen sind weit weniger scheußlich, als man Euch berichtet hat, Messer Polo."

„Lügen?"

„Legenden und Phantasien, um den fremden Frager zufriedenzustellen", sagte ich. „Je weniger Leute die Wahrheit wirklich kennen, desto mehr gibt es, die jedes Gerücht noch verzerren."

Alexandras Dienerinnen hatten ein Abendessen zubereitet. Hauptbestandteile waren diejenigen Köstlichkeiten der indischen Küche, die wir besonders schätzten. Von meinem Weinvorrat waren die Polos hingerissen; sie hoben immer wieder die Pokale, und Dienerinnen schenkten kichernd nach.

„Auch Sondur und Kondur, die Inseln vor dem Flußdelta", wandte ich ein, „sind bewohnt, aber nicht die eine nur von Pfauen, die andere nur von Greifen. Dort hausen braunhäutige Menschen, nicht viele indes. Ich habe selbst an den Stränden gelebt. Einige Wochen insgesamt."

Marco fuhr durch sein dunkelbraunes Haar und richtete seine Blicke auf eine der hübschesten Dienerinnen. Mir hatte er anvertraut, daß er sich, je näher die kleine Reisegesellschaft der Heimat kam, auf die lächelnden Schönheiten der Küsten stürzte. Die vielen liebenswerten und heiteren Mädchen und Frauen in diesen Breitengraden – so formulierte ich es – waren ganz anders als die prüden Italienerinnen.

„Dann streiche ich auch diesen Bericht aus meinen Erzählungen, aus den Notizen", murmelte Marco. „Aber der heilige Thomas starb wirklich an einem Pfeilschuß in der Provinz Maabar."

„Auch daran habe nicht nur ich starke Zweifel", sagte ich. „Streiten wir uns nicht in Glaubensfragen. Hingegen werden im Königreich Murfili die Diamanten des Flußsands nicht von Adlern aufgepickt und aus deren Horsten geraubt. Nirgendwo auf der Welt ist es leicht, reich zu werden."

„Ihr seid ein Skeptiker, Messer Antal", murmelte Matteo. „Aber Euer Wein könnte aus der Toscana sein."

„Er ist woanders gekeltert worden." Ich wich aus. „Darf ich nachschenken lassen?"

„Wir bitten darum."

Marco Polo schien nicht unglücklich über meine Korrekturen seiner Wirklichkeit zu sein. Alexandra, die Herrin des Hauses, kam herein, lächelte und nahm in einem knarrenden Sessel aus Flechtwerk Platz. Sie winkte die Dienerinnen herbei.

„Wenn Ihr die Karten gesehen hättet, edle, weitgereiste Herren", sagte sie weich, „über die Messer Antal verfügt, würdet Ihr staunen. Ihr würdet sehen, daß die Welt wahrhaft größer und seltamer ist, als jeder von uns ahnt. Aber es ist stets eine Welt der Menschen. Ungeheuer gibt es nur in der Phantasie. Und hier gibt es guten Wein."

Die Dienerinnen schenkten wieder nach. Die Polos und ich sprachen über die Art, in der jener Großkhan seine Welt verwaltete. Das Zusammentreffen war nicht mehr als ein halbwegs berechenbarer Zufall. Die Sonden hatten uns viele Aufnahmen aus der Umgebung der reisenden Venezianer geliefert, natürlich längst nicht von jeder ihrer tatsächlich weiten und interessanten Reisen.

„Ihr reist selbst, Messer Antal?" sagte Matteo. Ich nickte.

„Viel, oft und weit", lachte ich. „Und nicht alles, was ich dabei sehe, ist einen Bericht wert."

„Und vieles, erführe es der Papst in Rom, würde ihn erbleichen lassen“, sagte Nicolo und schien verlegen zu sein. „Aber überall bedeutet ein Lächeln dasselbe.“

Die Polos reisten in großer Begleitung. Das Schiff, ein Monsunsegler, hatte nur wenige Tage Aufenthalt. Die GELIEBTE DES NORDWINDS lag auf Reede, und viele Boote waren bei Fackellicht unterwegs, um zu leichtern und Proviant an Bord zu schaffen.

„Wann müßt Ihr an Bord sein?“ Sie waren nicht einmal erstaunt darüber, daß ich Italienisch mit dem Akzent ihrer Stadt sprach.

„Ein Bote wird uns holen“, sagte Matteo. „So war es ausgemacht.“

„Wahrscheinlich erst beim ersten Tageslicht“, meinte Marco. „Ich meine, daß Ihr einen Bericht über Eure vielen Reisen schreiben solltet, Messer Peyrefitte. Auch ich habe geplant, ein Buch zu schreiben, um den Menschen in Europa die Seltsamkeiten und die Schönheiten der Länder zu schildern, die wir durchquerten.“

„Das Bücherschreiben überlasse ich getrost Euch, Marco“, sagte ich und winkte ab.

„Keine Zeit oder keine Lust?“

„Weder noch“, sagte ich. „Mein Bericht würde niemals fertig werden.“

Besonders Marco Polo schien außergewöhnlich geschickt zu sein, Landschaften, Sitten und Unterschiede in Worte kleiden zu können. Ich ermunterte ihn, seine Erlebnisse niederzuschreiben und auf solche Übertreibungen zu verzichten, die ein Mann von Erfahrung durchschauen mußte. Ich sagte:

„Die Dämonen und Monstren, von denen man Euch erzählte, sind nirgendwo auf der Welt zu finden – nur in den Herzen furchtsamer oder dummer Menschen.“

Alle drei Venezianer nickten zustimmend.

„Man macht sich lächerlich, wenn man alles glaubt und auch noch dahinschreibt“, sagte Nicolo.

„So ist es.“

Wir unterhielten uns, leichten Wein trinkend, bis der Bote kam und die Reisenden zu den Booten zurückbrachte. Ich versprach, die Polos zu besuchen, wenn eine meiner Reisen mich nach Venetia führte. Ich blies die Öllämpchen aus und blieb müde neben dem Bett sitzen, in dem Alexandra schlief. Sie drehte sich herum, blinzelte und fragte gähnend:

„Unsere Gäste segeln wieder der Lagunenstadt entgegen?“

„Mit günstigen Winden“, sagte ich und lauschte auf das Geräusch der Brandung. „Und voller Anregungen für Handelsbeziehungen, guten Schreibstil und das Vermeiden von Übertreibungen.“

Ich streckte mich aus, verschränkte die Arme im Nacken und sah dem Gecko zu, der an der Decke Fliegen und Spinnen jagte. Die Müdigkeit lastete auf meinen Gedanken. Ich murmelte:

„Schlaf weiter, Liebste. Ich bin müde vom vielen Reden und Zuhören.“

„Und vom Wein“, sagte sie lächelnd und legte ihren Kopf auf meine Schulter. „Gute Nacht.“

Ich schlief ein. Als ich aufwachte, umgaben mich wieder die Geräte der unterseeischen Kuppel.

Alexandra war verschwunden.

Ich fand nur mühsam ins Jahr 1798 zurück.

Riancor hantierte an den Überlebensgeräten und sagte:

„In einigen Stunden kannst du das erste Mal wieder feste Nahrung zu dir nehmen, und Joelle leistet dir dabei Gesellschaft.“

„Ausgezeichnet“, antwortete ich brummig. „Ich glaube zu wissen, daß Marco Polo tatsächlich ein Buch geschrieben und veröffentlicht hat.“

„Er schrieb beziehungsweise diktierte es im Gefängnis; nach einem Seegefecht zwischen Genova und Venezia war er vier Jahre lang gefangen. Ein gewisser Rusticiano schrieb das ‚Buch der Wunder'. Zunächst mochten ihm die Landsleute nicht recht glauben. Mittlerweile zählt der Bericht zu den Klassikern."

Ich stand auf und dehnte meine Muskeln. Längst hatte meine Haut ihr ungesundes Aussehen verloren. Ich fühlte mich stark genug, Riancor um Wein zu bitten.

Joelle brachte einen unserer kostbaren Pokale, halb gefüllt mit Wein aus Beauvallon.

„Die Kerzen am Eßtisch brennen schon", sagte sie und strahlte mich an. Ihren doppelt handlangen Zopf zierte eine blaue Schleife im Nacken. „Dreißigtausend Bienen brauchen ein Jahr, um zwei einfache Kerzen herzustellen, jedenfalls das Wachs dazu."

Ich nahm zögernd einen Schluck und sagte:

„Irgendwann hat Riancor diese mühsame Rechnung bewältigt, und jetzt erzählt er es stolz jedem, der es nicht hören will."

„Amir Darcy hat nachgerechnet und bestätigt." Joelle wirbelte herum und deutete auf eine holografische Kunstlandschaft, in deren Zentrum der Tisch und die Stühle aufgebaut waren.

„Wie schmeckt dir dein Beruf in Beauvallons Schule?" wollte ich wissen. Die junge Corny war in den wenigen Jahren zu einer hübschen, selbstsicheren jungen Frau herangewachsen, und ihre Antwort, wenn sie ernst gemeint war, bestätigte meine Vermutungen und Riancors Bemühungen, und augenscheinlich nicht nur seine.

„Ich meine, die Kinder kommen gern zu mir, und sie lernen freiwillig und viel. Mitunter wissen und können sie mehr als die Eltern."

„Wie schön. Und auch den Eltern geht es gut?"

Du wirst demnächst die Berichte aus Beauvallon sehen können, sagte der Extrasinn.

Nach Nonfarmale fragte ich nicht. Ich ahnte, daß der Saurokrator meine Kraft früher beschäftigen würde, als mir lieb war.

In den Tagen, die ich brauchte, um wieder völlig über meine körperlichen und geistigen Kräfte verfügen zu können, beschäftigte ich mich mit dem Korsen Napoleone Buonaparte aus Ajaccio, der jetzt als Oberbefehlshaber der französischen Armee mit dreißigtausend Mann nach Ägypten ziehen und dort die Türken schlagen sollte, und mit dem Admiral Horatio Nelson, dessen Schiffe die Flotte Frankreichs zu den Fischen schicken sollten.

2.

„Ca ira!" (Das wird gehen.)
Franz. Revolutionshymne, ca. 1788

„Eigentlich sollten wir an einem ausgesucht lebenswerten Platz eine Schule gründen, eine Universität, die ein arkonidisch gesteuertes Studium generale vermittelt und zugleich einige Hundertschaften naturwissenschaftlich, moralisch und politisch einwandfrei handelnder Barbaren pro Jahr entläßt. Dann wären die entsetzlichen Greuel und die Toten der Revolution nicht sinnlos gewesen. Die ‚neuen' Barbaren könnten wie Hefe im Teig wirken", sagte ich.

Am vorletzten Tag in der Kuppel fehlte uns Joelles Fröhlichkeit. Wenigstens fehlte sie mir. Riancor und Amir Darcy Boog, der wie ein glattrasierter Seemann aussah, hörten zu, wie ich meine skeptischen Gedanken entwickelte.

„Aber wahrscheinlich wird jeder, der den anderen zu

klug ist, totgeschwiegen oder totgeschlagen. Trotzdem halte ich meine Idee nicht für völlig sinnlos."

„Eine weitere Barriere ist die ungeheure Sprachenvielfalt dieser Welt", warf Riancor ein. „Diese Auserwählten müßten zunächst ein Dutzend Sprachen lernen."

„Mit den famosen Psychostrahlern, der Hypnoschulung und den vielen Programmen unserer Speicher", Boog sprach flüssig und ließ erkennen, daß er unermüdlich an seiner Ausbildung gearbeitet hatte, „ist dieses Problem leicht zu lösen."

„Es besteht ein Unterschied zwischen der gemischten Schulklasse Beauvallons und einer sogenannten Universität", sagte ich. „Du bist sicher, daß deine wohlmögende Unterstützung Joelles keine Schäden anrichtet, keine unkontrollierbaren Folgen hat?"

Riancor schien wieder einmal alles berechnet und durchanalysiert zu haben. Er schüttelte kurz den Kopf und erklärte:

„Es werden nur Grundkenntnisse aller Berufe vermittelt, die in und um Beauvallon gebraucht werden. Aus Beauvallon kommt sicher kein zweiter Anton Laurent Lavoisier; Chemiker und guillotiniert. Aber wie sollen die Kinder sonst gründlich das neue System der dezimalen Maße lernen und anwenden?"

„Dein Name wird auf der Liste der Menschheits-Wohltäter in goldenen Lettern stehen", sagte Boog. In seinem „sonnengebräunten" Gesicht zeigten sich Sommersprossen. Seine Hände waren groß und kräftig, fast derb. Zur gascognerischen Eleganz Riancors bildete Amir Boog einen wohldosierten Gegensatz; er war der Arbeiter der Faust.

Ich deutete auf die Bildschirme und befahl:

„Du wirst in einer stillen Stunde mögliche Standorte für unsere Universitäten heraussuchen."

„Selbstverständlich."

„Ich brauche eine Maske, um Nelson und Napoleon kennenzulernen. Entwickle alles Notwendige."

„Sofort."

„Ich nehme Boog mit zur großen Insel, zum Raumschiffhangar. Ob ich weibliche Gesellschaft haben will, entscheide ich nach sorgfältiger Musterung der Barbarentöchter."

„Verständlich."

Dank meinem Zellschwingungsaktivator und den Besuchen Riancors in Le Sagittaire waren alle Krankheiten von Lisa-Cephyrine ferngehalten worden. Mit Wehmut betrachtete ich sie auf dem Holoschirm: Sie war zu einer entzückenden alten Dame gereift. Wir würden gern und oft über vergangene Zeiten sprechen können, im Schatten des Schlößchens, unweit der Wassermühle. Joelles Eltern hatten, so gut ich es beurteilen konnte, ihre Arbeit auf das beste erledigt. Beauvallon sah gesund, reich und ruhig aus. Der Ort erstrahlte im Grün des späten Frühlings. Der Vent du Midi, feuchtwarm aus Süd, strich durch das Tal.

„Ich bereite zusammen mit Boog die Häuschen beim Hangar vor", sagte Riancor. „In zwei Stunden gehen wir durch die Transmitter."

„Einverstanden. Ich kann mich hier recht gut allein unterhalten", sagte ich.

Ich saß, gestärkt und ausgeruht, satt und mit einem Glas Uisge beatha, schottischem Lebenswasser, in der Hand, vor den Informationsanlagen und rief Informationen ab, steuerte Spionsonden und versuchte, einige exotische Schauplätze zu entdecken und auch in Gedanken wieder Kontakt mit den bizarren Verhaltensmustern der Barbaren zu erlangen.

Die zahllosen Reflexe des Sonnenlichts verwandelten die flache Landschaft jenseits des menschenleeren Strandes in eine Zone, deren Anblick in den Augen schmerzte. Die schneeweiß glitzernden Ränder der Tümpel und der winzigen Lagunen wechselten ab mit stacheligem Gras, mit Röhricht, den Massen getrockneten Schlamms, die von der letzten Überschwemmung der Rhône übriggeblieben waren. Riesige Flamingoschwärme färbten die Luft rosa. Der Mistral, den sie Seelenfresser nannten, wirbelte feinen Sand und salzigen Gischt bis hinüber nach Aigues-Mortes. Die Ebene, die schilfüberwucherten Süßwassersümpfe und die kleinen Wälder wurden für lange Augenblicke unsichtbar, und aus dem Staubwirbel tauchte ein Reiter auf. Vor der winzigen, stechend gelben Morgensonne flog ein Entenschwarm auf. Ich blickte schärfer hin:

Der mächtige Schimmelhengst schäumte, das Fell war schweißüberströmt. Im Sattel saß eine Frau mit wehendem schwarzem Haar. Wenn das Tier über Felsbrocken, Schwemmholz oder Gräben sprang, stand die Frau in den Steigbügeln. Ihre Kleidung war zerrissen, ihre dünnen Stiefel ebenso voller Dreckspritzer wie die Läufe und der Bauch des Pferdes. Immer wieder riß die Frau, sie war zwischen fünfundzwanzig und dreißig Jahre alt, den Kopf herum und sah sich nach Verfolgern um. Ich konnte durch die Optik der Sonde keinen Verfolger erkennen, aber als das Gerät höher stieg und nach Osten abdrehte, bemerkte ich eine weit auseinandergezogene Kette von etwa zwanzig Reitern, die ihre Pferde durch die flache Einöde hetzten, durch schlammige Tümpel und an kleinen Wäldern vorbei.

Ich bemerkte, wie die Flüchtende ihren Apfelschimmel in einem weiten Bogen auf einen lehmigen Damm lenkte, der weit in das flache Wasser der Petit Rhône vorsprang.

Am anderen Ufer breitete sich die gleiche grandiose Einsamkeit aus.

„Eine verteufelt schöne Frau“, murmelte ich und roch an dem Alkohol. „Warum flieht sie?“

Die Gesichter und das Aussehen der Verfolger zogen auf dem Schirm an mir vorbei.

Halunken. Halsabschneider! sagte der Logiksektor. *Schartige Waffen.*

In rasendem Galopp sprengte die Frau über die Landzunge. Lehmbrocken wirbelten von den Hufen des Tieres in die Luft. Dann spritzte das Wasser wie ein Vorhang um die Frau. Ihr Gesicht zeigte Angst, der Ausdruck blieb aber gefaßt. Die Frau war ungewöhnlich hochgewachsen und schlank, und an ihrem Hals und den Handgelenken sah ich kostbar wirkende Schmuckbänder. Sie preschte durch das Kiesbett des Flusses und schien auf die versandenden Seen zureiten zu wollen. Ihr Pferd war wohlgenährt und ausgeruht, der Hengst zeigte keine Ermüdungserscheinungen. Die Reiterin geriet in tieferes Wasser. Der Hengst schwamm, aber die Verfolger rückten auf.

„Man sollte ihr helfen“, brummte ich; von der Frau war ich fasziniert. Die Strömung der Kleinen Rhône packte das Pferd und riß es mit sich.

Der Versuch, zu flüchten, wurde ebenso entschlossen durchgeführt wie die Verfolgung. Ich überlegte kurz, dann sprang ich auf.

„Riancor!“ schrie ich. „Ich brauche den Gleiter und Ablenkung in Beauvallon. Schnell!“

Riancor befand sich im Gewölbe von Le Sagittaire. Nach dem Einsatz auf der Insel der Antipoden sah er bei den Bauern nach dem Rechten. Er antwortete, während ich mich anzog und ausrüstete.

„In fünf Minuten kannst du starten.“

„Übernimm in der Kuppel die Sonde Vier. Gib die

Bilder an mich im Gleiter zurück. Ich helfe einer Frau im Löwengolf."

„Verstanden. Ich warte auf dich."

Der Hengst hatte es geschafft, das andere Ufer zu erreichen, und stapfte triefend durchs Wasser. Die Verfolger schrien Flüche und Drohungen hinter der Frau her, die sich im Sattel zurechtsetzte und deutlich hören mußte, welches Schicksal ihr drohte.

Ich schob die Pistole ein, lief zum Transmitterraum und stopfte Teile und Ausrüstungsgegenstände in einen großen Lederbeutel. Dann kontrollierte ich die Einstellung des Transmitters, tauchte im kühlen Keller des Schlößchens auf und startete den kleinen Gleiter durch eine dichte Nebelwand, auf die Schneise zu, an der Mühle vorbei und zwischen den Felsen des Tales nach Südwest.

Erst jetzt aktivierte ich den Deflektor, pegelte das Bild ein und hörte, was Riancor aus der Kuppel berichtete. Der Gleiter flog Höchstgeschwindigkeit, ich konzentrierte mich auf die Bilder, die weiterhin die Sonde einfing. Während die Frau genau nach Westen ritt, galoppierten die Verfolger in bedrohlicher Nähe durch seichtes Wasser, entlang dem Ufer und über staubtrokkene Kiesbänke. Die Sonne kletterte höher, die Schatten waren kürzer geworden, und der Mistral heulte in den Zweigen und legte das Schilf flach.

Ich erreichte den Lauf der Rhône und jagte über Arles hinweg, als es fast Mittag war. Als ich wieder das Bild auf dem winzigen Kontrollschirm anstarrte, bemerkte ich den Schimmelhengst, der ohne Reiterin lief und schließlich am Rand einer Moorfläche stehenblieb und müde den Kopf senkte.

Abgeworfen oder abgesprungen? fragte der Logiksektor.

Der Gleiter senkte sich, wurde langsamer und schwebte in einer engen Kurve auf einen Punkt zwischen dem reiterlosen Pferd und den Verfolgern zu. Auch die Reiter rissen ihre Pferde auf die Hinterhand und schauten sich suchend um.

Ich verfolgte die einzelne Hufspur so weit zurück, wie ich konnte. Der Sturm riß und rüttelte am Gleiter.

„Wo bist du, Unbekannte?“ fragte ich leise.

Tümpel, Morast, Schwemmsand, eine breite Bahn niedriger Büsche, Schilf und Unmengen kleiner Vögel, die zusammen mit Möwen und Falken gegen den Sturm und den Sand kämpften; anderes sah ich nicht. Die Frau verbarg sich offensichtlich zwischen den Büschen. Von rechts und links sprengten die Reiter heran.

Durch das schneidende Heulen des Windes, der die Männer zwang, sich in den Sätteln gegen den Andruck zu stemmen, hörte ich die Flüche. Ich entnahm dem Geschrei, daß die Frau aus einer seltsamen Art der Gefangenschaft geflohen war, daß sie Wertsachen an sich gebracht hatte und nicht hielt, was sie versprach – überdies war sie offensichtlich für den Lebensunterhalt dieser wenig französisch wirkenden Männer verantwortlich oder wichtig.

Hier feiert man die Pèlerinage de Sara, flüsterte der Extrasinn. Ich begriff: Es waren Zigeuner, von denen die Frau verfolgt wurde. Während der Gleiter über den durchgerüttelten Büschen und Binsen seine Kreise zog, blickte ich direkt nach unten. Die langhaarigen, meist dunkelhäutigen Männer zwangen ihre Reittiere in die wellige Fläche hinein, zwischen die dornigen Ranken und die schneeweiß gebleichten Treibholzreste. Einige Minuten später sah ich die Frau. Sie bewegte sich wie ein Wiesel zwischen den knorrigen Wurzeln, durch Schlick und über Sand, durch den dunkelbraunen Schlamm und die gewundenen Rinnen, in denen schmutziges Wasser stand. Sie war am Ende ihrer Kräfte, aber sie kroch weiter, in die gleiche Richtung, in der auch ihre Verfolger ritten.

Ich zog den Lähmstrahler, bündelte den Strahl und feuerte auf diejenigen Männer, die, auf ihre Pferde einprügelnd, der Frau gefährlich nahe gekommen waren. Nacheinander kippten sieben Männer aus den Sätteln, blieben in den Zügeln oder den Steigbügeln hängen und wurden von den durchgehenden Tieren durch das Gestrüpp gerissen. Der Gleiter sank abwärts, ich öffnete die Tür neben dem rechten Sitz.

Sekunden später befand ich mich zwei Meter über der Schwarzhaarigen. Sie bewegte sich auf Knien und Ellbogen weiter, schob sich durch Wasser und glitt in den Schlick. Ihr Oberkörper versank über die rechte Schulter. Sie stieß einen leisen Schrei aus, bewegte sich hastiger und zog die Beine an. Der Morast war zäh, hielt ihre Glieder gepackt und zog sie tiefer.

Ich wandte mich um. Die anderen Verfolger waren zurückgeblieben und versuchten, ihren bewußtlosen Kumpanen zu helfen. Die Frau hatte gemerkt, daß sie festsaß, daß sie langsam in dem salzigen Brei versank. Ich hielt den Gleiter über ihr an, kletterte zum Nebensitz und senkte den Kiel der Maschine, bis ich direkt über den Schultern und dem Kopf war.

Es ging nicht anders. Ich packte das nasse, schmutzige Haar, wickelte es zweimal um meine Faust und zog. Gleichzeitig summten die Antigravprojektoren lauter. Der Körper löste sich nur widerstrebend aus dem stinkenden Schlick. Salznebel wehte durch die Luft, als ich den Körper über die Kante des Einstiegs zog, einen Arm packte, über die Schultern legte und mich zurückstemmte. Die Frau merkte nicht, was wirklich vor sich ging. Sie starrte mich aus weit aufgerissenen Augen an, ohne mich wirklich zu sehen, und als sie halb über dem Sitz hing, zuckte sie zusammen und verlor die Besinnung.

„Willkommen, unbekannte Reiterin“, sagte ich, ließ den Gleiter steigen und zog die Tür zu. „Sonderlich eindrucksvoll bist du nicht gerade.“

Der Gleiter raste, vom Autopiloten gesteuert, in die Richtung Beauvallons. Ich verständigte mich kurz mit Riancor, wusch das Gesicht der Geretteten mit einem nassen Tuch, setzte die Hochdruckspritze an und injizierte ein Kreislaufmittel und eine Medizin, die Infektionen zu verhüten half. Gleichzeitig aktivierte ich den Hypnostrahler, der das Basisprogramm sendete. Ich kippte aus der Flasche einen Becher voll Wein, und als die Frau aufwachte, hielt ich ihn an ihre Lippen.

„Ich bin Atlan“, sagte ich halblaut. „Ich habe dich aus dem Sumpf gezogen und vor den seltsamen Freunden gerettet.“

„Amoustrella“, flüsterte sie. „Danke.“

Ihr Körper war übersät von Blutergüssen, Rissen und Schnitten. Ihre Erschöpfung ließ sie nur noch murmeln. Während sie trank, wirkte das Medikament; als der Gleiter über die riesige römische Arena von Arles fegte, schlief sie wieder.

Ohne den Deflektor abzuschalten, bugsierte ich den Gleiter in die versteckte Kammer von Le Sagittaire. Ich nahm Amoustrella auf die Arme, passierte die Transmitter und ließ die Schlafende von den Medorobots behandeln. Zehn Stunden später lag sie in einem der Betten des Dörfchens.

Amir Darcy Boog servierte schweigend das Essen. Amoustrella hatte bewiesen, daß sie mit sämtlichen Einrichtungen umgehen konnte, die Ausstattung in den richtigen Fächern fand und das Psychoprogramm richtig gewirkt hatte. Ihr Haar glänzte wieder und war zu einem lockeren Zopf geflochten. Zum erstenmal sah ich, daß sie graue Augen mit goldenen Pünktchen hatte.

„Es sind Gerichte aus der Provence und aus dem Massif Central“, sagte ich mit einer einladenden Geste. „Nach einem solch langen Schlaf wirst du hungrig sein.“

„Nicht hungrig genug“, sagte sie mit einer dunklen, leicht heiseren Stimme, „denn ich muß wissen, wer du bist, wo ich bin, wie alles mit allem zusammenhängt.“

Ich bemerkte, daß sie keinerlei Schwierigkeiten hatte, mit der Ausstattung des Tisches unter dem Vordach umzugehen. Ich aß und trank und antwortete mittendrin:

„Es wird, denke ich, eine lange Geschichte. Ich sah zufällig, wie du im Galopp geflüchtet bist, wie dich deine Verfolger suchten, ich hörte, was sie dir versprachen; es war wenig angenehm. Ich hielt sie zurück, führte sie in die Irre und zog dich aus Dornen und Sumpf. Und nun bist du, umwickelt von meinen Binden, in einem meiner Betten ausgeruht, mit Kleidung aus meinem Besitz . . . du bist mein Gast.“

Amoustrella hatte eingesehen, daß guter Appetit eine Unterhaltung förderte. Sie aß wie eine hungrige Löwin. Gleichzeitig huschten ihre Blicke in alle Richtungen, registrierten die Unterschiede, musterten immer wieder mich.

„Wo sind wir?“

„Auf einer riesengroßen Insel, sehr weit von Salin-de-Giraud weg. Nicht nahe Aigues Mortes. Wenn du darauf beharrst, bringe ich dich zur Rhône zurück.“

Sie gefiel mir immer besser. Sie war nur drei Finger weniger hochgewachsen als ich. Keineswegs hatte ich es mit einer ahnungslosen, eingeschüchterten Barbarin zu tun. Sie bewegte sich, als sei sie Reiten und körperliche Anstrengungen ebenso gewöhnt wie das Verhalten in fürstlichen Schlössern.

„In die Camargue zieht mich nichts mehr“, sagte sie schließlich und griff nach dem Weinglas. „Die Kerle, die hinter mir her waren, es sind wandernde Bärenführer,

Kesselflicker und Wäschediebe. Sie haben einige Reiche erstochen und wollten, daß ich ihren Sippenältesten ins Bett folge. Unter anderem. Ich sollte den Lockvogel spielen."

„Wie kamst du an sie?"

„Sie kauften mich einem Sklavenhändler aus Ceuta ab. Piraten haben ein Schiff aus Nantes, der Vendee, überfallen. Meine Familie flüchtete vor dem Gemetzel. Mein Vater rüstete in der Werft Schiffe aus. In drei Jahren habe ich mehr erlebt als andere in zwei Leben."

„Sie sprachen von geraubtem Schmuck."

Amoustrella deutete auf ihre leeren Handgelenke und den Hals.

„Ich nahm ihnen meinen eigenen Schmuck wieder weg und den meiner Mutter. Im Gürtel ..."

„Ich habe ihn gefunden und reinigen lassen. Vor dem Spiegel deines Häuschens."

„Welche Pläne für den weiteren Lebensweg", fragte ich ein wenig sarkastisch, „hattest du, als dich das Pferd abwarf?"

„Nur entkommen, und dann irgendwie durchschlagen. Eigentlich wollte ich zu Admiral Nelson und ihm zeigen, was mich Vater lehrte."

„Dies wäre nachzuholen", sagte ich. „In meiner Begleitung."

In der Vendee waren, so hörte Riancor, vierhunderttausend Menschen getötet worden. Amoustrella war durch ihre Erlebnisse nicht heruntergekommen, sondern schien daran gewachsen zu sein. Sie wirkte beherrscht und schien die veränderte Umgebung zu akzeptieren, als wäre sie lediglich in einer anderen Landschaft Frankreichs aufgewacht.

„Wie lange dauerte die Reise hierher?"

„Du hast drei Tage geschlafen", sagte ich. Eine bewußte Lüge. „Die Salben und Tinkturen meiner eigenen Hexenküche haben deiner Haut nicht geschadet. Wenn du im Meer schwimmen willst – dort draußen ist der Strand. Ich komme gern mit, denn hier gibt es eine Brandung wie vor Brest."

„Vielleicht. Da sind flüsternde Gedanken in meinem Kopf. Stimmen schweigen, wenn ich erfahren will, was sie sagen."

„Es ist die Stimme deines besseren Ichs", erklärte ich. „Sie sagen, daß du unter meinem Schutz stehst. Boog wacht über unsere Sicherheit. Du hast keinerlei Verpflichtung außer gutem Benehmen."

Ich lächelte. Von Stunde zu Stunde gefiel sie mir besser. Ihre Alpträume schienen, je länger sie schlief, schwächer zu werden. Ihre Finger waren auffallend lang und schlank. Ich lehnte mich zurück und drehte den Stiel des Weinglases.

„Wenn du willst: Du kannst dich hier erholen. Ich habe zu arbeiten. Frage, wenn du etwas wissen willst oder etwas nicht verstehst. Wir sind allein. Wenn du krausköpfige Braune siehst, sie sind harmlos und scheu. Der Strand ist ungefährlich, aber schwimme nicht zu weit hinaus."

„Ich bin satt und müde." Sie ließ sich von Amir Darcy Wein nachgießen. „Ich kann wirklich tun und lassen, was ich will?"

Ich nickte. Sie hob ihre Schultern und gähnte hinter vorgehaltener Hand.

„Nach ein paar Tagen wird es mir bestimmt langweilig werden. Gehst du hier zur Jagd?"

„Nein."

„Niemand außer uns wohnt hier?"

„Niemand."

„Und was tust du hier, Atlan . . ."

„Atlan Arcoyne. Ich repariere seltsame Maschinen und hoffe, daß sie fliegen können."

„Ich bin recht geschickt. Wenn du willst, gehe ich dir zur Hand."

Wieder nickte ich, zurückhaltend.

„Und da sind noch ein paar andere Tätigkeiten, denen ich nachgehen muß. Ich verfolge einen bestimmten Mann mit bösartigem Charakter, bin Lehensherr oder besser Schlößchenbesitzer in Beauvallon nahe der Allier, helfe bedrängten Schönheiten, möchte den Engländer Nelson und den Franzosen Bonaparte kennenlernen und, wenn erwünscht, beraten. Ich komme ziemlich weit herum, und meine Reisen gehen schnell vor sich."

„So wie im Ballon der Montgolfiers, aber schnell wie eine Rauchschwalbe?"

„Ähnlich. Du hast alles, was du brauchst, in deinem Häuschen?"

„Wahrscheinlich weit mehr, als ich brauche", sagte sie. „Darf ich spazierengehen? Zeigst du mir das Dörfchen?"

„Natürlich. Komm. Es ist nicht mehr so heiß wie gegen Mittag."

Wir benützten die schmalen Wege durch mein kleines Reich. Wir gingen jeweils bis dicht vor die Grenze der Energiekuppel, durch die verwilderten, aber geschnittenen Gärten, auf den Hügel, unter dem sich der LARSAF-Hangar verbarg, zum Strand und bis zu den Felsen, dem Flußbett und den Ebbetümpeln. Amoustrella blickte fassungslos jenen hüpfenden Beuteltieren nach, denen die Eingeborenen den Namen „Da-springt-es-hin!" gegeben hatten, was so ähnlich wie „Kaeng-aru" klang. Ich versuchte sparsame Erklärungen, während die Wellen den Sand zwischen unseren Zehen herauswuschen. Wenn ich ihre Fragen als Interesse und ihr Schweigen als Klugheit deutete, war sie keineswegs dumm und ungebildet.

„Es läßt sich hier trefflich aushalten", sagte sie in

ihrem rauhen Französisch. „Allerdings sieht alles so aus, als hättest du es vorher gezeichnet.“

„Es fällt mir schwer, dies zuzugeben.“ Ich blinzelte in die Sonne, die sich zwischen Wolkenbänken ihren Weg zum Horizont suchte. „Aber genau so war es.“

Als wir zurückgingen, legte sie ihre Finger auf meinen Unterarm. Unbewußt? Während sie schlief, ging ich zum Hangar und fing an, die Systeme des Raumschiffchens zu testen.

Unser kleines Netzwerk aus Funkkanälen und Übermittlungsfrequenzen arbeitete zuverlässig. Aus den Rechnern und Speichern der unterseeischen Kuppel überspielte Riancor mir sämtliche Einzelheiten und Analysen unterschiedlicher Entwicklungen. Nahith Nonfarmale war einmal aufgetaucht; zu kurz, um wertvolle Beobachtungen einholen zu können. Er trug eine Maske, wie seinerzeit der angebliche Zwillingsbruder des Königs.

Du hast ihn wahrscheinlich verletzt, aber nicht getötet, erklärte der Extrasinn. *Er bleibt eine Bedrohung.*

Jener Leutnant, der bei der Erstürmung der Bastille zugesehen und später am Massaker der Schweizergarde in den Tuilerien mitgewirkt hatte, schien, nach der Gründung der Cisalpinischen Republik, das Land Frankreich wieder stark und gesund sehen zu wollen. Jedenfalls handelte er entschlossen und mit raffinierter Klugheit. Aber auch er kannte einen ebenbürtigen Gegner. Was Napoleons Truppen auf dem Land leisteten, vermochten die Schiffe des Admirals Nelson; damit die Republik Frankreich erhalten bleibe, so sagten die einflußreichen Männer, müsse sich England geschlagen geben. Der Rhein als Frankreichs natürliche Grenze war für das Inselvolk nicht zu akzeptieren. Also wieder Krieg. Wieder Blutgeruch und Todesschreie, Nonfarmales Lieblingsnahrung.

„Napoleon Bonaparte entspricht in den meisten Charakteristika dem bekannten Barbaren-Typ des kriegerischen Imperators“, sagte Rico/Riancor kommentierend. „Wenn es ihm gelingt, vernünftig zu bleiben, könnte er Frankreich und auch andere Länder einen riesigen Schritt weiterbringen in der Evolution eines Staates und dessen Staatsvolks.“

„Man wird sehen“, gab ich zurück. Das Raumschiff schien intakt zu sein. In wenigen Tagen wollte ich die ersten Flüge außerhalb der Lufthülle von Larsaf Drei riskieren. Die Europäer nannten ihren Planeten mittlerweile nach dem Boden, der sie ernährte: Erde.

„Wir haben unser Interesse auf Bonaparte gerichtet“, sagte der Roboter mit Entschiedenheit. „Ich versuche den günstigsten Zeitpunkt zu ermitteln, an dem er deine Ratschläge brauchen wird.“

„Gut. Weiter so.“

Drei Stunden nach einer bunten Abenddämmerung saß ich im Arbeitszimmer, trug nicht viel mehr als einen kühlenden Bademantel und schaltete von einem Bildschirm zum anderen. Das Bild der Welt im Frühjahr 1798, die Bilder und der Zustand meiner kleinen Welten, Ausschnitte eines verwirrenden Riesenorganismus, konnten meine ausgeglichene Stimmung nicht beeinflussen. Nächstes Thema:

Beauvallon und Fraconnade. Das Tal, die Felder und Weinberge wurden ausgezeichnet von Guilelmon Anguerrond, seiner Frau Madeleine-Agnés und der Lehrerin Joelle verwaltet, der Junge René-Laurent war knapp achtzehn.

Boog und Riancor unterstützten die Entwicklung; niemand schien krank zu sein, das Vieh war fett, die Hütten und Häuser – deren Anzahl zugenommen hatte – ließen ausgezeichneten Zustand erkennen. Riancors Besuche galten Cephyrine, meiner ehemaligen Geliebten, und ich sah zu, wie die Handwerker ihr Häuschen ausbesserten, wie Cephyrine, weißhaarig und mit Runzeln in ihrem schmalen Gesichtchen, im Gesprenkel aus Sonnenlicht und Schatten las. Ich erkannte Titel und Verfasser des ledergebundenen Exemplars.

Lupo Cantucciotore (azzeccagarbugli): Schatten im Zwielicht. Mir sagten weder Verfasser noch Titel etwas. Cephyrine legte einen Finger zwischen die Seiten und schlief ein. Ich erkannte den schweren Ring, den ich ihr einmal geschenkt hatte.

Beauvallon und Umgebung atmeten Frieden aus. Durch andere Teile der Welt zogen die Armeen, und die Greuel der Kriege nahmen kein Ende.

Nach weiteren Bildfolgen und akustischen Informationen, Schriftblöcken und Erinnerungshilfen tränten mir die Augen. Ich stand auf, holte mir ein Glas Wein und setzte mich auf die Kante eines Schränkchens in japanischer Lackarbeit.

„Ich habe sämtliche Aufnahmen aus dem Gleiter und den intakt zurückgekommenen Sonden kontrolliert. Siebenmal waren stellare Konstellationen zu erkennen." Riancor faßte offensichtlich seine Forschungen und Berechnungen von vielen Jahren zusammen und schien mich überraschen zu wollen. Ich ahnte, was er sagen würde. „Es war nicht leicht, aber sämtliche Sterne und Nebel befinden sich an denselben Stellen und führen dieselben Bewegungen aus, wie sie auch von Larsaf Drei aus zu sehen sind."

„Nonfarmales Welten sind also das, was man mit Paralleluniversum bezeichnen könnte", sagte ich und schmeckte den Allier-Wein auf der Zunge.

„Zutreffend."

Damit war wenig erklärt. Unter Umständen gab es Dutzende oder unendlich viele Parallelwelten, die jeweils durch einen distanzlosen Schritt und durch eine Strukturlücke zu betreten und zu verlassen waren. Nonfarmale bediente sich weiterhin seiner Welten, der Opfer aus der Schar der Barbaren und einer verborgenen, aber wirkungsvollen Technik.

„Er wird wiederkommen. Wahrscheinlich kann er nur von den Impulsen irdischer Sterbender und Geschundener leben."

„Aber . . . seine Besuche scheinen weniger zahlreich geworden zu sein", sagte ich. Irgendwo knirschten leichte Schritte auf dem feinen Kies des Weges. Ich klappte die Deckel mehrerer Truhen zu und desaktivierte dadurch die Monitoren.

„Jedenfalls diejenigen, die ich mit unseren Geräten aufgespürt habe."

„Und er ahnt nicht, wer es ist, der ihn verfolgt", murmelte ich, holte Wein und einen zweiten Pokal und zündete etliche Kerzen an, die von der Hitze Terra Australensis krumm geworden waren.

„Morgen sehen wir weiter", sagte ich zu Riancor und schaltete ein Musikwiedergabegerät an. Dann, als sich auch der letzte Schirm in ein Bild – Katsushika Hokusais *Die Große Woge* – zurückverwandelt hatte, saß ich im Sessel und blickte auf die Brandung hinaus, die sich im weißen Mondlicht verformte. Die Schritte wurden lauter, zögerten, kamen näher, und die Tür, ein Raster aus schwarzem Arkonstahl und weißem Glassit, rollte leise zur Seite.

„Der Wein hat die Wärme, wie wir ihn in Beauvallon trinken", sagte ich. „Langeweile, schönste Amoustrella?"

Sie kam herein, nahm den Pokal in die Hände und zuckte mit den makellosen Schultern.

„Keine Langeweile", sagte sie. „Der Wein ist köstlich. Schwer wie meine Gedanken. Jetzt habe ich genug geschlafen, bin zu oft geschwommen, und mein Körper ist voll Sonnenhitze."

„Nimm Platz", sagte ich und hob den Weinkelch. „Ziehst du eine andere Musik vor?"

Durch den Raum schwebten die Akkorde der „Zauberflöte", die Ouvertüre des Amadeé Mozart, jung gestorben, ein begnadeter Kompositeur. Amoustrella schüttelte den Kopf. Sie trank bedachtsam und sagte leise:

„Die Musik ist schön. Dieser Teil der Welt ist herrlich. Du bist ein seltsamer Mann."

Ich wußte, was sie meinte. Vermutlich erwartete sie von mir, was viele Männer ihr angeboten hatten. Ich war in den vergangenen Tagen zu ihr freundlich gewesen, höflich und zurückhaltend. Tausend Fragen hatte ich beantwortet, weitere fünfhundert Auskünfte hatte sie von Amir Darcy bekommen, und natürlich wußte sie, daß ich sie begehrenswert fand. Ich irritierte sie, das war es. Wenn die Männer wüßten, hatte mich Cyrano de Bergerac gelehrt, was die Frauen denken, wären sie doppelt so draufgängerisch.

„Warum seltsam? Sollte ich in der Küche stehen und Brot schneiden?"

„Nein. Du hantierst mit Dingen, die für mich Wunder sind, und für dich ist alles alltäglich. Wir sind wie auf der Spitze eines schönen, hohen Berges. Ich bin so zufrieden, daß ich fast meine, ich wäre glücklich."

„Dir fehlt also noch etwas, um aus Zufriedenheit Glück werden zu lassen. Glaubst du, man findet es hier?"

„Ich weiß es nicht, und deshalb reden wir", sagte sie. Amoustrella hatte viel Zeit und Mühe darauf verwendet, sich auf diese Unterhaltung vorzubereiten. Ihr Haar schimmerte in einer Hochfrisur, sie trug den schweren Schmuck, das tief ausgeschnittene Kleid kam aus dem Fundus der Kuppel. An den schlanken Füßen steckten Sandalen, ihre sonnengebräunte Haut schimmerte, und bis hierher roch ich die Essenzen aus Grasse und Paris. In ihren Augen spiegelten sich Kerzenflammen.

„In rund einem Monat verlassen wir, wenn nichts Dramatisches geschieht, dieses kleine Paradies der Zufriedenheit", sagte ich. „Ich meine, wir sollten nach England reisen und mit Horatio Nelson sprechen. Willst du mit mir kommen? Vielleicht begleitet uns Riancor. Das ist noch nicht sicher."

„Ich spreche nur schlecht die Sprache der Engländer."

„Du wirst sie bald gelernt haben." Ich füllte die Becher. Die Laute von Insekten, Vögeln und raschelnden Bodentieren mischten sich in das Grummeln der Brandung. „Würde es dich glücklich machen?"

Mittlerweile wußte ich viele Einzelheiten ihres bisherigen Lebens. Sie war achtundzwanzig und von so vielen Erfahrungen geprägt, daß ihr Mißtrauen gerade dann, wenn es grundlos schien, stärker wurde. Ich mußte lachen.

„Die Reise wird bestimmt herrlich und aufregend", sagte Amoustrella zweifelnd. „Ändert sie etwas zwischen uns?"

„Wir sind die besten Freunde", sagte ich. „Du fühlst dich bei mir wohl, ich genieße deine Anwesenheit, alles ist friedlich, du wirst schöner von Tag zu Tag, meine glühenden Blicke verfolgen dich, und draußen steigt die Flut. Was sollten wir ändern?"

„Meine Erfahrungen . . .", begann sie. Ich grinste.

„Kluge Menschen suchen sich selbst die Erfahrungen aus, die sie zu machen wünschen. Ein Teil der Entscheidung liegt bei dir, Amou."

„Und was tust du?"

„Ich habe meine Entscheidung getroffen", sagte ich. „Wenn ich die Frauen verstehen könnte, ginge viel von ihrem Zauber verloren."

Sie schnippte mit den Fingern.

„Wer von der Hoffnung lebt, wird wenigstens nicht fett."

„Wenn ich enttäuscht bin“, sagte ich nachdenklich, „ist meine Enttäuschung nicht kleiner oder weniger schmerzlich als deine. Die Fähigkeit, glücklich zu sein, liegt in uns. Zwecklos, woanders zu suchen. Es ist besser, noch einmal in guter Ruhe alles zu überschlafen, ehe ein böser Fehler gemacht wurde.“

„Du tust, als hättest du den Stein der Weisen!“

Ich stand auf, füllte mit dem Rest Wein die Kelche nur halb und erwiderte:

„Es ist nur ein winziger Kiesel, schönste Amoustrella. Kometensegler haben derlei an sich, ob's stimmt oder nicht. Ich wünsche uns eine wirklich gute Nacht.“

Ich trank aus, verbeugte mich und küßte ihre Fingerspitzen. Verblüffung, Trotz, aufkeimendes Gelächter und plötzliches Verstehen spiegelten sich in Amoustrellas Gesicht. Ich schloß leise die Schiebetür zu meinem Schlafzimmer, zog das kühle Laken bis zum Kinn und hörte das Sirren der Stechmücken außerhalb der Energiefelder, bis ich einschlief.

Ein Arm lag über meiner Brust, Haar kitzelte mich am Hals. Das Extrahirn hatte keine Gefahren erkannt und mich nicht geweckt. Ein Stern dicht über dem Horizont blinzelte mich gelblich an. Etwa eine Stunde bis zum Sonnenaufgang. Amoustrella flüsterte neben meinem Ohr.

„Verrückt und seltsam, das bist du. Jeder andere hätte sich längst auf mich gestürzt. Jetzt . . .“

„Seit einigen Jahrtausenden“, murmelte ich und zog die Schulter und den linken Arm der Frau an mich, „bemühe ich mich, nicht wie jeder andere zu sein.“

„Wenn du willst, daß ich dich hasse, mußt du mich auslachen, verletzen, lächerlich machen“, flüsterte Amou und richtete sich halb auf. Ich kämmte mit den Fingern durch ihr Haar und schüttelte den Kopf.

„Ich lache nur dumme, reiche, machtgierige Männer aus. Aber ich darf dich anlachen, ja?"

Sie küßte mich. Ihre Lippen waren abwartend und kühl. Ein früher Vogel schlug mit feuchten Schwingen über dem Haus. Ihr Körper drängte sich an mich, ehe unsere suchenden Finger alle Ziele gefunden hatten und wir die Sonne nicht sahen, weil sich die Scheiben automatisch verdunkelten, stöhnte die Frau:

„Lachen, ja, auch zusammen ernst sein. Ich bin fest entschlossen, mit dir glücklich zu sein."

Ich vermochte nur noch undeutlich zu murmeln.

„Ein schönes Ziel, dem wir gemeinsam zusteuern werden. Würdest du dein spitzes Knie woanders hineinbohren?"

Sie zischte in gespielter Wut:

„Ich habe keine spitzen Knie, Hakennasiger."

Unser Lachen erstickte. Ich verzichtete an diesem Tag darauf, die LARSAF DREI-ZWEI einer weiteren Inspektion zu unterziehen.

3.

„Alle Dinge werden in Wahrheit niemals besser oder schlechter, nur eben anders."

Tomás de Torquemada, Generalinquisitor

Langsam rollte das Raumschiff in den unerträglichen Glanz des Sonnenlichts hinaus. Ich legte kurz meine Rechte auf Amoustrellas Arm und sagte:

„Die Reise im schnellen Ballon beginnt. Keine Angst. Was du heute sehen wirst, kennen die Adler schon seit undenkbar langer Zeit."

Ein Hypno-Psycho-Spezialprogramm aus Riancors Speichern hatte Amoustrella Gramont auf die Eindrücke vorbereitet. Langsam stieg das Schiff schräg nach Norden. Ich zog das Fahrgestell ein und schob den Geschwindigkeitsregler nach vorn.

„Ohne prahlen zu wollen, Atlan“, sagte Amou. „Ich habe keine Angst. Und wenn mich jemand in diesem Aufzug sieht?“

„Die bewußten Adler, Geier und Albatrosse sind den Anblick gewohnt.“

Ich sagte ihr nicht, daß ich in wenigen Minuten den Deflektorschirm einschalten und das Risiko, entdeckt zu werden, mindern würde. Die LARSAF stieg weiter, wurde schneller und wandte sich nach Nordwest. Ich kurvte um ein Gebirge aus schneeweißen Gewittertürmen herum, und Amou schrie vor Entzücken. Zwischen den Bodenantennen und denen auf Sao Miguel zuckten telemetrische Informationen hin und her. Der Bordrechner testete ununterbrochen die Funktionen sämtlicher Geräte. Grünes Licht auf allen Anzeigen. Wir trugen leichte Druckanzüge mit einigen Sicherheitseinrichtungen, die Helme waren zurückgeklappt.

„Die Wüste. Nicht ein einziger Baum. Scheinbar regungslose Einsamkeit“, sagte ich und raste in siebentausend Metern Höhe über Grund auf den östlichen Rand des großen eurasischen Kontinents zu. Staunend, den Mund geöffnet, betrachtete Amou die Landschaften aus Wasser, Stein und Wald, aus mäandernden Flüssen und Buchten, die unter uns hinzogen. Ich flog die ersten gewagten Manöver, und das Schiff gehorchte der manuellen Steuerung ebensogut wie dem Autopiloten.

Offensichtlich haben die unzähigen Reparaturen geholfen, sagte der Logiksektor zufrieden.

Ich warf einen Blick hinüber zu meinem einzigartigen Fluggast. Amoustrella schien tatsächlich keine Furcht zu kennen. Sie beobachtete lächelnd wie ein begeistertes Kind die Oberfläche des Planeten und die vielen Kontrollanzeigen. Als sie meinen Blick bemerkte, drehte sie den Kopf und lächelte mir zu.

„Mein Gott. Daß die Welt so riesengroß sein kann“, sagte sie kopfschüttelnd, „das habe ich nicht einmal geträumt. Mit den Augen der Adler sehen . . . auch das nicht.“

„Du wirst andere Gegenden sehen. Voller Menschen und ohne jedes Lebewesen.“

„Herrlich. Einmalig. Ohne dich würde ich es nie sehen.“

Sie war hinreißend. Ich stellte mit heiterer Verwunderung fest, daß ich auf dem besten Weg dazu war, mich hoffnungslos zu verlieben. Sie war wie eine Vision, ein Traum, der sich der Wirklichkeit annäherte, oder die Wirklichkeit der Welt unausgesprochener Vorstellungen. Für einen skeptischen Arkoniden eine unerwartete Situation.

Mißtraue den Blitzschlägen deines Gefühls, warnte das Extrahirn. Genau das war mein Problem. Ich verschob den nächsten Versuch einer Lösung und griff in die Steuerung. Die LARSAF tanzte förmlich durch die dünne Luft, erreichte Höchstgeschwindigkeit, wurde scharf nach unten gedrückt und riskant wieder hochgerissen. Die beruhigende Stimme Riancors, der die Reaktion der Bauelemente testete, summte in meinen Ohren. Ich leitete einen weiteren Steigflug ein und sagte leise:

„Ich kreise über unserer Insel, Riancor.“

„Verstanden. Ich kann das Schiff einwandfrei anmessen.“

Die Farbe des Himmels änderte sich, als wir höher stiegen und ich den neuen Kurs programmierte. Ich wollte noch keinen Flug riskieren, der uns vom Planeten zu weit entfernte. Vielleicht in den nächsten Tagen: die Umkreisung des Mondes. Seit dem Unfall traute ich dem Schiff nicht recht. Als ob die LARSAF mich vom

Gegenteil überzeugen wollte, verhielten sich trotz höchster Belastung sämtliche Systeme wie die eines altgedienten arkonidischen Kreuzers.

Ich lehnte mich zurück, studierte Amoustrellas schönes Profil und meinte schließlich:

„Wir werden in knapp einer Stunde Frankreich und die Camargue überfliegen. Allerdings in großer Höhe. Willst du etwas Bestimmtes sehen?“

„Nein, danke. Mich zieht nichts dorthin. Ich will bei dir sein.“

„Ich habe nicht das geringste dagegen“, sagte ich. „Links, das ist das Mittelmeer.“

Die „Säulen des Herakles“ tauchten auf. Ich drosselte die Geschwindigkeit und hörte in den Lautsprechern der Steuerkabine ein scharfes Knacken. Riancors Stimme klang alarmierend scharf.

„Nimm Kurs auf Toulon, Atlan. Dort versammelt sich eine riesige Kriegsflotte. Über ihr tauchte vor Sekunden Nahith Nonfarmale auf.“

„Verstanden“, sagte ich, aktivierte sofort den Deflektorschirm und bog nach links ab. Über Katalonien änderte ich den Kurs, raste über die Wellen des Meeres in Richtung auf Marseille. Ich drosselte die Geschwindigkeit und fragte:

„In welcher Höhe schwebt der Saurokrator?“

„Etwa eintausend Meter“, antwortete Riancor augenblicklich. „Ich orte eine ungewöhnlich große Menge Metall.“

„Ich sehe nach“, sagte ich. Wir waren so gut wie unbewaffnet. Aber bis auf den Umstand, daß sich kleinere und größere Heeresgruppen in Frankreich nach Süden bewegten, wußte ich von keiner bevorstehenden Schlacht. Was suchte Nonfarmale, der Seelensauger, in der Nähe von Toulon?

„Clair d’annè, du wirst unter Umständen gleich einen

schrecklichen Tyrannen sehen. Erschrick nicht, ich erkläre dir alles in Ruhe. Er kommt aus dem Anderswann, aus einer von vielen grausigen Welten, und er ist schuld an furchtbarem Elend. Er reitet auf irgendeinem unglaublichen Biest, das nicht weniger scheußlich ist als er selbst. Mein Todfeind. Der Feind aller Menschen."

Ihr Blick wurde wachsam. Sie überlegte lange, ehe sie antwortete.

„Es hört sich an, als hättest du viel Respekt vor ihm. Wie heißt er? Nonfarmale. Du fürchtest ihn, und du haßt ihn. Ich sehe es an deinem Gesicht und an deinen Fäusten."

„Das ist richtig. Ich habe einige Male gegen ihn gekämpft und ihn nicht töten können. Ja, ich fürchte seine Verschlagenheit."

Riancor sagte:

„Dreihundert Meter unter deiner Flughöhe, siebzig Kilometer Nordnordost."

„Klar. Sind Sonden unterwegs?"

„Zwei Stück. Ich bezweifle, ob sie rechtzeitig an Ort und Stelle sind."

Das Raumschiff flog in die angegebene Richtung. Ich ging um dreihundert Meter tiefer und drehte an den Schaltern des Monitors. Endlich tauchte ein dunkler Punkt auf, eine Vergrößerung erschien, und ich raste auf das Ziel zu.

„Nahith Nonfarmale. Saurokrator." Meine Stimme wurde leise und schneidend. „Aus einer Welt, von der man dieselben Sterne sieht wie von unserer Welt. Aus dem Anderswann, aus einer Jenseitslandschaft, aus dem pays de chimère, umgeben von willenlosen Opfern, an deren Leiden er sich weidet. Er kommt, um vom Tod, von Qualen, von Angst und Furcht zu leben. Für ihn ist das wie Wein."

„Ich kenne viele Namen für solche Ungeheuer. Einige

habe ich getroffen. Von anderen haben sie erzählt", antwortete Amoustrella. „Aber ich werde auch erschrecken."

„Bestimmt."

Auf dem Bildschirm und vor der Scheibe des Schiffes, das sehr viel langsamer flog, war deutlich Nonfarmale zu sehen. Ich war vorbereitet, aber dennoch erschrak ich. Sein Reittier schien ein Parasaurier zu sein, aber die Haut und die Schwingen sahen aus, als bestünden sie aus Platten eines stumpfen Metalls, mit Nieten an Lederflächen und biegsamem Glas befestigt. Ein riesiges Tier, schuppig und voller Runzeln, Warzen und moosig-grünen Flecken, mit mächtigen Fledermausschwingen, einem Kopf wie ein Doppelhammer, voller eiserner Beschläge, Stangen, Ringe und Ketten. Ein fliegendes Reittier mit einem Sattel aus narbigem Leder und löchrigen Metallgestängen, würdiges Transportmittel für einen wie Nonfarmale, ein Wesen voller schwarzer Rätsel.

„Grauenhaft", flüsterte Amoustrella. Unter der Bräune war sie fahl geworden. Ihre langen Wimpern senkten sich, als sie den Kopf drehte, meinen Gesichtsausdruck studierte und sich dann zwang, nach links zu blicken und den Psychovampir anzusehen.

Nonfarmale blickte hinunter zu den Schiffen, die im Hafen und auf der Reede von Toulon lagen. Fast fünf Dutzend. Er trug eine schlichte Uniform, die nur auf den ersten Blick einfach wirkte. Die Nähte schienen aus Kettengliedern zu bestehen, die Maske vor seinem Gesicht strahlte silbern und grau, an den Stiefeln drehten sich handtellergroße Sporen. Das Aussehen der Armbrust hatte sich verändert, und als ich seine Hände und die Handgelenke sah, bemerkte ich die Narben, die Spuren verbrannter Haut, dazwischen die Sehnen und Muskeln, die unter einer Schicht wie Pergament lagen. In der Maske befand sich ein vier Finger breiter Schlitz, durch ein durchsichtiges Oval verschlossen. Ich glaubte, daß trotz der Wolkenkette, die über der Schnittlinie zwischen Wasser und Land in die Höhe perlte, Nonfarmale seinen Blick direkt auf uns richtete. Ich hatte ihn anders gesehen, kannte ihn in anderer Ausstattung – aber ich fröstelte. Es war, als sähe ich zum erstenmal das eindeutige Symbol der Gefahr.

„Er sieht uns nicht", sagte ich heiser. „Er wartet darauf, daß etwas in Verbindung mit den Schiffen passiert."

Von Bord der Kriegsschiffe wirkte der Saurier wahrscheinlich wie ein Geier, der von Sardegna oder Korsika herübergeflogen war.

„Worauf warten die Schiffe?" fragte Amoustrella.

„Keine Ahnung. Ich erfahre es bald. Wahrscheinlich nehmen sie Kurs auf Nelsons Flotte. Oder sie bringen ein Heer irgendwohin. Kampf bedeutet Leben für Nonfarmale."

Die Bestie schlug träge mit den Schwingen. Der Schwanz, der in eine kleine Flosse auslief, peitschte die Luft. Ziellos fuhren Krallen, so groß wie meine Hand, hin und her und schlossen sich gierig. Aus dem Schlund des Sauriers sickerte eine dünne Schleimspur, verteilte sich entlang des Halses und tropfte in die Wolken. Amou schüttelte sich vor Ekel, während die Linsen der ersten Spionkugel und der Aufzeichnungsgeräte der LARSAF filmten, was ich sah. Mit wilden Rucken an den Kettenzügeln dirigierte Nahith seine zusammengestückelte Echse hinaus übers Meer und tauchte in eine schneeweiße Wolke hinein.

Er kam nicht mehr daraus hervor. Riancor bestätigte, was ich vermutete:

„Nonfarmale ist verschwunden."

„Ich weiß", brummte ich. „Demnächst deponiere ich eine Arkonbombe in seiner Wohnwelt."

„Hätten wir ein solches Zerstörungsmittel", sagte der Roboter, „würde es helfen."

Ich ließ die LARSAF steigen, erhöhte die Geschwindigkeit und ging auf Kurs nach Osten.

„Das beendet, mehr oder weniger, unseren Aufenthalt zwischen den glücklichen Beutelhüpfern?" meinte Amou. Ich nickte. Der Turm über dem Lechtal kam mir in den Sinn, Beauvallon schied aus, weil die Einsamkeit nicht gesichert war. Aber wir konnten auch vom Dorf der Samurai aus operieren. Nein. Die Entfernung war zu groß, und ich durfte das Raumschiff nicht gefährden. Der Logiksektor sagte knapp:

Der Turm auf der Nagelfluhklippe. Die Welt, aus der dein Feind kommt, muß so gewalttätig sein, wie der Drache aussieht.

Dies waren Teile meiner Überlegungen, als wir vom Bordrechner zuverlässig zum Hangar zurückgebracht wurden. Auf dem Flug tastete ich nach Amous Hand. Zum erstenmal suchte ein Arkonide bei einer jungen Frau dieser Welt nach Sicherheit, Schutz und Mitgefühl; und als sie nach der Landung ihren Arm um meine Schulter legte und wir unter den blütenübersäten Ästen mächtiger Bäume zurückgingen, fühlte ich Stärke und Beruhigung. Wir schwiegen. In die Idylle war der Schrecken eingebrochen. Mitten in der Nacht nahm Amou mein Gesicht in beide Hände, blickte mich mit ihren schönen Augen an und flüsterte:

„Du wirst siegen, Kometensegler. Wenn du ihn nicht töten kannst, wirst du ihn wieder für lange Zeit verjagen. Ich bin bei dir."

Ich nickte; wahrscheinlich hatte sie recht.

Für lange Stunden legten sich die Ruhe und der dörfliche Frieden, der im Mai über Schlößchen und Dorf lag, auch über mich. Cephyrine schob die Brille auf ihre Nasenspitze und lächelte zuversichtlich.

„Ich irre mich nicht, mein junggebliebener Geliebter. Du wirst niemals aufhören, entschlossen und mutig zu handeln und zu kämpfen."

„Danke." Ich lächelte schmerzlich. „Ich weiß nicht warum, aber ich habe das Gefühl, daß der nächste Kampf härter wird und mich vielleicht tötet, Cephyrine."

„Du überlebst ihn wie jeden anderen. Kluge Vorsicht ist deine zweite bewunderungswürdige Eigenschaft."

Sie hatte nicht aufgehört, mich zu lieben. Ihr Glaube schien wie die Felsen des Tales. Sie goß starken Kaffee in eine riesige Tasse, fügte Zucker und frische Sahne dazu, nahm den Korken aus der Calvadosflasche. Bienen stürzten sich auf den Zucker. Ich wedelte über dem Geschirr aus Colberts Manufaktur und zuckte mit den Schultern.

„Ich überlege lange, sicher", sagte ich. „Und du? Du genießt die Ruhe? Es ist dir nicht langweilig? Du siehst aus wie das berühmte blühende Leben."

Riancor versorgte sie mit Büchern, Musikwürfeln, Gesundheit und allem, was sie brauchte. Cephyrine schüttelte den Kopf. Ihr schulterlanges silbergraues Haar flog.

„Es sind Jahre, in denen ich wunschlos bin, bis ich neben deiner Monique liege." Sie deutete zum Kirchlein hinüber, das einen arroganten Turm erhalten hatte. „Es könnte mir nicht bessergehen, Kometensegler. So sagt Joelle zu dir, nicht wahr?"

„Sie hat noch keinen wirklichen Kometensegler gesehen. Sie ist tüchtig und beliebt, ja?"

Cephyrine nickte lächelnd und trank den höllisch starken Kaffee. Der Schluck des Normannenschnapses, den sie hinterhergoß, zeigte ihre Gesundheit deutlicher als vieles andere.

„Es sind gute Leute, die wir ausgesucht haben. Das Dorf wird reich."

„So soll es sein", sagte ich. „Ich muß zurück in den düsteren Turm, um meine Rüstung zu schmieden. Napoleon geht in Toulon auf die Schiffe, um Ägypten zu erobern. Das wird nicht ohne Leichen und Verstümmelte abgehen, und so geht auch nach der Revolution das Töten munter weiter."

Ich leerte mein Glas, trank die Tasse aus und küßte meine alte Freundin auf beide Wangen. Ohne aufgehalten zu werden, benutzte ich den Transmitter und war am späten Mittag im Turm über der Lechschleife. Amou, Riancor und Boog warteten.

„Es wäre auffallend, aber wenig zweckmäßig, Atlan, den Seelensauger auch auf dem Rücken eines Sauriers bekämpfen zu wollen", sagte Riancor. Amoustrella zog die Brauen hoch.

„Ein solches Tier habe ich nie gesehen. Auch das Wort kenne ich nicht."

„Vor Millionen Jahren gab es ähnliche Riesenechsen auch auf unserer Welt", sagte ich. „Echsen; die Griechen nennen sie ‚Sauros' . . . ein Parasaurier ist eine Mit-, Bei- oder Nebenechse, Logosaurier wäre eine Echse der Vernunft, und ein Diplosaurier eine Doppelechse. Worauf Nonfarmale reitet, vermag ich nicht zu sagen."

„Es gibt eine verschlungene Wahrscheinlichkeitslinie", sagte Amir Darcy gelassen, „Erinnerungen an das Nilland. Perfekte Kenntnisse des Landes zwischen Mittelmeer und den Katarakten von Khartoum. Vertraut mit den Sitten der Eingeborenen, dem Klima und den Dünen, der Wüste und dem fruchtbaren Dreieck, aus dem einst das Papyrus kam. Wenn beispielsweise ein Scheich Atlan ben Aracon, gehüllt in einen prunkvollen Burnus, im

Sattel eines feurigen Hengstes, den zukünftigen Herrscher aller französischer Waffen erwarten würde?“

Ich nickte und fand langsam Gefallen an diesem Vorschlag. Immerhin kehrte ich an die Stellen meines früheren Wirkens zurück.

„Dann würde Scheich Atlan augenblicklich die höchste Beachtung des Korsen finden“, sagte ich. Riancor sprach weiter.

„Kämen dann noch gewisse Erzählungen, das überlegene Wissen, die gefürchteten Scherze und bestimmte Kunstfertigkeiten der Waffenführung und der Feldartillerie hinzu, wäre Scheich Atlan unentbehrlich binnen weniger Tage.“

„Einverstanden, Freund Riancor. Bereitet alles vor. Indessen fragt sich Scheich Atlan, als ob er in seinen Frauenzelten noch eine fadenscheinige, verwanzte Decke für Amoustrella hat.“

„Wenn ich in deiner Nähe sein darf“, Amoustrella senkte übertrieben demütig den Kopf, verneigte sich und lispelte: „schlafe ich auch im heißen Wüstensand.“

„Es wird sich ein Mindestmaß an Komfort finden lassen“, sagte ich. „Immerhin wird Napoleon von einem riesigen Heer umgeben sein. Und vermutlich wird er mich, uns alle, in seiner Nähe haben wollen. Er quetscht Menschen aus wie reife Früchte.“

Leise, aber sehr bestimmt, sagte Amoustrella:

„Ich habe dich anders kennengelernt, Atlan. Du wirst für den nötigen Abstand sorgen.“

„Das ist für mich und dich überlebenswichtig“, sagte ich. „Und aus diesem Grund wird der Korse mich nicht vereinnahmen.“

„Auf zu den Pyramiden“, sagte Amir Darcy. „Allons, enfants de la patrie! Das wird auch dort der Korse seinen Grenadieren zurufen.“

„Die Marseillaise wird die Soldaten zu unglaublichen

Leistungen aufpeitschen, auch gegen die Türken“, sagte ich, deutete auf Darcy Boog und befahl:

„Du wirst uns begleiten. Als somalischer oder nubischer Diener für jeden Zweck.“

„Mit Vergnügen, Effendi.“

Es würde noch einige Zeit dauern, bis Napoleon an der Spitze seiner Truppen an Land ging, denn sie waren jetzt damit beschäftigt, die Insel Malta zu belagern.

4.

„Wer aufhört, besser sein zu wollen, hat aufgehört, gut zu sein.“

Oliver Cromwell

Das Heer Bonapartes ergoß sich förmlich aus zweihundertachtzig Transportern und fünfundfünfzig Kriegsschiffen. Achtunddreißigtausend Soldaten, dazu ein Schwarm von Schriftstellern, Gelehrten, Künstlern und Hilfskräften gingen nahe der Stadt Alexandria – der Leuchtturm, dessen oberste Plattform ich so oft erklettert hatte, war längst zusammengebrochen – in mustergültiger Ordnung und in unerwarteter Schnelligkeit an Land.

Ebenso wie vor Mailand marschierte auch die sogenannte Orientarmee blitzartig gegen Kairo vor. Augenscheinlich war der Korse ein exzellenter Organisator. Klar geordnet, mit überraschend wenig Ausfällen, setzte sich die Armee in Bewegung.

Die reitenden Boten der Mamelucken galoppierten davon, erschreckt von der Zielstrebigkeit der Fremden.

Ich erwartete die Vorhut auf einem winzigen Hügel, im faserigen Schatten von Palmen. Sattel und Zaumzeug meines Schimmelhengstes funkelten; silberne und goldene Verzierungen flirrten im Sonnenlicht. In meinem

Ohr wisperte Riancors Stimme, der mir berichtete, was seine Sonde sah. Ich drehte mich um; gerade noch konnte ich zwischen dem Ufer des Moeris-Sees und den Ausläufern des Wüstengebirges die Spitzen meiner Zelte erkennen. Das Heer kam auf der westlichen Seite des westlichen Delta-Nilarms entlang. Der Logiksektor wisperte:

Durch den Westlichen Harpunengau, an Sais vorbei, durch die Westmark. Du entsinnst dich?

Nur zu gut. Damals war es in dieser flachen, fruchtbaren Zone weniger kriegerisch gewesen.

Als ich sicher war, daß mich die Späher entdeckt hatten, hob ich den Arm, gab die Zügel frei und kitzelte den Hengst mit den goldenen Sporen.

Mein Auftritt war sorgfältig berechnet; im Glanz des Sonnenlichts funkelte und flirrte die Goldstickerei. Der lange Mantel flatterte, als ich auf die Gruppe der französischen Späher zugaloppierte. Der lange Schweif des Pferdes wirbelte ebenso wie die Mähne, und ich hob grüßend den rechten Arm. Sie sahen, daß ich gut bewaffnet war, meine Finger sich aber nicht in der Nähe der Waffen befanden.

Bonaparte ritt an der Spitze der zweiten Gruppe. Riancors Sonden hatten jede erdenkliche Information geliefert. Mir reichten die Beobachtungen aus zweiter Hand nicht.

Die Franzosen starrten mich an. Für die uniformierten Reiter mußte ich wie eine Gestalt aus einem orientalischen Märchen wirken. Als ich in Rufweite war, riß der Hengst seinen schmalen Schädel hoch und wieherte grell. Ich rief in gestochen klarem Französisch:

„Willkommen, Truppen des großen Korsen. Ich, Scheich Atlan ben Aracon ibn Gonazael, begrüße euch an den Ufern des Nils. Ich weiß, daß der große Heerführer einen Wegekundigen braucht."

Ich zügelte den Hengst dicht vor ihnen. Die Reiter

umringten mich und musterten überrascht und wild durcheinanderredend meinen prunkvollen Aufzug. Ich zog das seidene Tuch übers Kinn herunter und lächelte in jedes einzelne Gesicht.

„Ihr kommt aus Paris? Aus dem Rhônegebiet? Aus der Ile de France?“ sagte ich und breitete die Arme aus, als wollte ich sie alle umarmen. „Es waren herrliche Jahre, als ich an der Academie studierte.“

Der Anführer ritt scharf an mich heran, schien die Ringe an meinen Fingern zu zählen und die Glieder der dicken Goldkette. Er sagte im Dialekt der bretonischen Küste:

„Wir sind aus allen Teilen des Landes, Fremder. Und hier kennen wir kaum ein Sandkorn. Du hast wirklich an der Universität in der Hauptstadt studiert?“

„Viel zuwenig“, antwortete ich und nannte einige Namen aus den Jahren vor der Revolution. „Aber es zog mich zurück ins Meer aus Sand, Citoyens.“

„Du lebst hier, und wie heißt du, Scheich?“

„Ich bin Atlan, Sohn des Aracon, Enkel des Gonazael. Ich kann euer Heer an jeden Platz führen, an dem euch die Mamelucken einen Kampf liefern werden.“

„Warum verrätst du dein Volk?“ wollte ein Späher wissen. Ich schüttelte mit einem kühlen Lächeln den Kopf.

„Du irrst. Ich und diese dort – uns trennen Jahrtausende einer bösen Geschichte. Mein Volk lebte schon hier, als Allahs Prophet noch nicht einmal gezeugt war. Es sind die Feinde des Nillands.“

„Dann bist du ein Ägypter?“

„So kann man es ausdrücken.“

Der Anführer entschloß sich schnell. Er rief ein paar scharfe Befehle. Die Männer rissen ihre Pferde herum.

„Wir geleiten dich zu Bonaparte!“ rief der Mann, den sie Terray nannten. „Wo stehen die Truppen des Sultans?“

Meine Geste wies vage in die Richtung des Nils.

„Sie versuchen sich zu sammeln. Noch habt ihr nichts von ihnen zu befürchten als vielleicht einen gelegentlichen Überfall auf die Nachhut."

Napoleon hatte möglicherweise eingesehen, daß eine Invasion in England, mit Schiffen und Booten über den Kanal, der von Nelsons Flotte kontrolliert wurde, sinnlos war. Um England entscheidend zu treffen, wollte das Pariser Direktorium die Kolonien Britanniens angreifen. Der Sultan, das sagten meine Informationen, zog seine Hauptarmee in Syrien zusammen, aber bis diese Heere auf Napoleons Armee trafen, verging wohl noch lange Zeit. Wir trabten über eine fast unkenntliche Straße, zwischen Dünen und den Ausläufern des Fruchtlands, nach Norden.

Terray wandte sich an mich.

„Sind alle Wüstenreiter so reich wie du? Deine Ausrüstung, die Waffen . . . sie zeugen von Reichtum."

„Der Vorteil des Reichtums besteht darin, daß man keine sogenannten guten Ratschläge mehr zu hören bekommt", sagte ich. „Nein. Nur Männer wie ich, die weit reisen und ihr Können richtig einsetzen, verfügen über genügend Geld und Einfluß."

„Wir kennen wundersame Geschichten vom heiligen Nil. Kennst du die Wahrheit, Atlan, Sohn Aracons?"

„Selbstverständlich."

Das Heer würde mindestens noch eine Woche brauchen, um den Nil zu erreichen. Jetzt, vor der Nilschwemme, war er ein schlammiges Rinnsal. Die Fellachen, Bauern, denen es gleich war, ob sie von Pharaonen, Janitscharen, Mamelucken, Franzosen oder einem Heer auf dem Marsch nach Indien beherrscht wurden, warteten auf das Ansteigen des Flusses mit der gleichen unerschütterlichen Gelassenheit, mit dem Fatalismus, der sie seit den Tagen des Menes, Narmer oder Skorpion befallen hatte.

„Wie weit ist es nach Kairo?"

„Etwa sieben Tage", sagte ich. Natürlich kannte Napoleon die Marschroute seines maßlosen Vorgängers, des Großen Alexander. Das Direktorium, auch davon mußte er überzeugt sein, schickte ihn außer Landes, weil es seine Person als Drohung erkannt hatte. Zwischen den reitenden Soldaten des Korsen wirkte mein strahlender und prunkvoller Aufzug mehr als provozierend; zugleich schuf ich dadurch einen klaren Abstand zu den Eindringlingen. Nach wenigen Minuten zügelten wir unsere Pferde vor der nächstfolgenden Gruppe. Terray machte seine Meldung, Bonaparte und ich musterten einander schweigend.

Im Sattel gab der „kleine" Korse eine gute Figur ab. Er schien wesentlich größer zu sein, als man spöttisch von ihm behauptete. Zwischen den Bildern der Spionsonden und der Wirklichkeit gab es, wie nahezu immer in solchen Momenten, deutliche Unterschiede: Ehrgeiz, kluge Schnelligkeit der Überlegung, äußere Disziplin – diese Eigenschaften waren vordergründig. Er legte die Hand an die Mütze und sagte:

„Du willst meine Expedition begleiten? Du kennst die Wege?"

„Fast jeden, Feldherr", sagte ich. „Bestimmt aber die Pfade, auf denen dein Heer nach Kairo ziehen will."

„Ziehen wird", verbesserte er mich. „Welche Bezahlung? Vermutlich bist du teuer?"

„Vielleicht, Sire, verdirbt Geld den Charakter. Auf keinen Fall hat je der Mangel an Geld den Charakter verbessert. Ich zöge es vor, so angesprochen zu werden, wie es einem Fürsten der Wüste entspricht, Sire."

Er lächelte plötzlich und ließ erkennen, wie schnell er sich einer neuen Lage anzupassen in der Lage war.

„Verzeiht meine Unhöflichkeit, Effendi. Oder nennen Sie sich Scheich Atlan?“

„So wurde ich stets genannt“, sagte ich. „Wie lautet Ihre Planung, General?“

„Ein berittenes Heer von sechzigtausend Mann mit fünfzigtausend Kamelen und zehntausend Pferden, das für fünfzig Tage Lebensmittel und Munition und für sechs Tage Wasser mit sich führt, kann in vierzig Tagen vom Nil aus den Euphrat erreicht haben. Vier Monate später wird es am Indus kampieren.“

„Ein Vorhaben, eines makedonischen Alexanders würdig“, gab ich zu. „Um England in Indien zu besiegen?“

„Wer weiß. Ich darf Sie bitten, Scheich, uns auf dem vernünftigsten Weg nach Kairo zu führen. In der Tat. Alexander kann für mich nur ein Vorbild sein.“

„Er starb ein wenig früh für das Ausmaß seiner Vorstellungen“, antwortete ich und ritt langsam an Napoleons Seite. „Die Stunde, in der Sie die Mamelucken zu züchtigen versprochen haben, ist noch nicht da. Ich habe von Ihrer Proklamation gehört.“

Kurz nach der Landung des riesigen Expeditionskorps nannten die Franzosen den Ägyptern den Grund ihres Eindringens. Es hieß: *Seit vielen Jahren schon beschimpfen die Herren Ägyptens das Ansehen Frankreichs. Die Stunde ist gekommen, sie zu züchtigen. Allah, von dem alles abhängt, hat gesagt: Die Herrschaft der Mameluken ist zu Ende.*

Den Fellachen und Nilschiffern bedeutete diese fadenscheinige Kriegserklärung nichts, auch den eigenen Soldaten konnte Bonaparte den Sinn dieser Unternehmung nur schwer verständlich machen. In mir schien er den geeigneten Führer gefunden zu haben. Er nahm den Hut ab, wischte den Schweiß von der Stirn und schob sein dunkelbraunes Haar mit den auffallenden Stirnfransen zurück.

„Alexander starb nur einmal", sagte er entschieden. „Nicht zweimal. Der zweite Tod wäre das Vergessenwerden. Er ist unvergessen."

„Aber von seinem Weltreich blieb arg wenig übrig", wagte ich einzuwenden. „Ich bin sicher, daß sich die Mamelucken Ihnen zwischen den Pyramiden und dem Nil, nahe bei Kairo, entgegenstellen werden. Die Art der Reiter, Krieg zu führen, ist veraltet, aber sie glauben, unbesiegbar zu sein."

Der General lächelte.

„Jedes Heer behauptet dies von sich. Und doch gibt es stets einen Verlierer."

„Oder mehrere. Die Ägypter jedenfalls unterstellen den Franzosen, daß sie ebensolche Ausbeuter sind wie die Krieger von Murd Bey."

„Wir bleiben nicht lange", sagte Napoleon. „Und wir werden ihnen Kultur und Zivilisation bringen. Im Troß habe ich Fachleute für jede erdenkliche Entwicklung dieses Landes."

Ich verzichtete auf eine Antwort. Wer hatte, vor undenklich langer Zeit, dem Schreiber des Zweiten Ramses so viel von Planeten erzählt, daß sie sogar an den Wänden seiner Grabkammer zu finden waren, dreißig Meter tief im Kalkstein am westlichen Nilufer?

Bonapartes Augen schienen alles zu sehen, sein Blick alles zu durchdringen. Sie waren hell, fahlblau; für einen etwa Dreißigjährigen schien er tatsächlich ebenso hochbegabt wie ehrgeizig und entschlossen zu sein. Ein Sohn des Kriegsglücks, ein Nachfahre Karls des Kühnen, Gustav Adolfs, Wallensteins? Alexanders Enkel oder gar besser als Hannibal, den ich bewunderte, weil er die Römer so oft und so vernichtend geschlagen hatte?

Sicherlich der Mann, der das Direktorium hinwegfegt und zu weitaus größeren Unternehmungen ansetzt. Der

Prototyp des kommenden Diktators, flüsterte der Logiksektor.

Ich griff in den Burnus und zog eine Rolle heraus. Als Napoleon, sein Pferd nur mit Schenkeldruck dirigierend, die Landkarte auseinanderzog, sah er sämtliche Dünen, Wasserstellen und Pfade bis zu den Pyramiden und den Türmen der Minarette von Kairo. Er nickte. Ich deutete nach Westen und erklärte:

„Meine Zelte stehen dort. Sie sehen es am schwarzen Punkt in der Karte, General Bonaparte. Ich empfehle, heute abend am Punkt eins zu kampieren."

„Wasser? Schatten? Essen?"

„Das Heer wird bestens versorgt. Die Fellachen sind, in ihren engen Grenzen der Armut, gastfreundlich. Ich empfehle Ihnen, sie besser zu behandeln, als sie es gewöhnt sind."

„Ich habe Dolmetscher mitgenommen."

Tatsächlich würde Napoleon wenig Widerstand finden. Die Mamelucken heirateten keine Frauen des Landes. Sie kauften junge Christen aus den armen Familien des Kaukasus. Islamische Krieger waren sie, mit Waffen, deren Verzierungen schwerer waren als der Stahl. Trotzdem würden sie sich begeistert in jeden Kampf stürzen, denn nur darin sahen sie den einzigen Zweck des Mannes. Ich streckte Napoleon die Hand entgegen.

„Das Lager ist hinter der Reihe aus Palmen und Tamarisken, westlich des Dammes. In ein paar Tagen steigt der Nil. Ich bin abends wieder bei Ihnen, zusammen mit einer Frau aus meinem Harem."

Während wir ritten und sprachen, hatte sich der Heerwurm mehr als eine Stunde lang auf die Spitze des Niltals zugewälzt. Die Erinnerung an meine Aufenthalte am Ufer des Hapi, wie Jotru, der Fluß, einst genannt worden war, hatte mich schon seit Tagen heimgesucht, als Boog die Zelte aufbaute. Ich hielt meinen Hengst an.

„Ich darf mich verabschieden, Sire?"

„Ich wäre erfreut, wenn Sie und Ihre Freundin heute abend Gäste in meinem Zelt wären."

„Mit Vergnügen", versprach ich und ritt, nach allen Seiten grüßend, in westliche Richtung. Während die Hufe des Tieres Sandfontänen in die heiße Luft schleuderten, stellte ich mich in den Steigbügeln auf und federte die Stöße der Galoppsprünge ab. Aus dem Lautsprecher im Agal, dem Band, das um das Kopftuch geschlungen war, kam Amoustrellas Stimme.

„Ich habe alles verstanden, Herr der Dünen. Welchen Eindruck hat Bonaparte auf dich gemacht?"

„Er ist einer der kommenden Männer – wenn er überlebt", sagte ich. „Ist der Wein kühl genug?"

„So kühl wie meine Haut", sagte sie. „Sieht er gut aus, der Held von Malta?"

„Er ist zwar seit zwei Jahren mit Madame de Beauharnais verheiratet", erwiderte ich und galoppierte durch das unfruchtbare Niemandsland abseits der grünen Ausläufer. „Aber durchaus beeindruckend."

Noch bevor ich die Zelte erreichte – seit die Wassertanks gefüllt waren, umgab ein Kreis aus Gräsern, Blüten und Blumen die reflektierenden Folien –, sprach Riancor mit mir.

„Ich höre?"

„Die englische Flotte, eine erhebliche Anzahl von Linienschiffen, nähert sich der Bucht von Abukir. Ich habe Admiral Nelson auf einem der bestbewaffneten Schiffe gesehen. Vor Abukir liegen die Schiffe der Franzosen."

„Nimm die Bilder der Seeschlacht auf", wies ich ihn an. „Daran hat Napoleon offensichtlich nicht gedacht. England will ihm den Rückzug abschneiden."

„Die Wahrscheinlichkeit, daß Nelson hart zuschlägt, ist sehr groß."

„Es ist erstaunlich, daß Nelson die Flotte überhaupt finden konnte. Brueys, Napoleons Admiral, sollte in den Hafen von Alexandria einlaufen, wie mir ein Offizier sagte."

„Ich übermittle dir die Aufnahmen, wenn du im Zelt bist, Atlan", sagte der Roboter, der in der Kuppel seine Sonden dirigierte. „Und Nonfarmale dürfte wohl auch seine Stunde wittern."

„Ich warte auf ihn."

Die Zelte waren in einem offenen Kreis angeordnet. Boog nahm den Hengst in seine Obhut und führte ihn ins Stallzelt. Ich stapfte durch den glühendheißen Sand und schlug den schweren Vorhang zurück. Die Mamelucken hatten mit sich selbst und den Vorbereitungen genug zu tun, und ich erwartete bestenfalls einen Boten des Korsen. Auch er würde vom falschen Prunk beeindruckt sein.

Amoustrella gab mir lächelnd ein großes Glas hellroten Weines. Ich zog die langen Gewänder aus und bewegte die Zehen in den weichen Stiefeln. Leise klirrten die Sporen.

Nach dem ersten, tiefen Schluck sagte ich:

„Ich denke, er wird seinen Weg gehen. Wenn er erst einmal weiß, wohin er seine Schritte richtet . . ."

„Wenn seine Vorgesetzten mit ihrem Latein am Ende sein werden, müssen sie Französisch mit ihm reden." Amous Antwort war ein wenig zweideutig. „Seine Worte wirkten auf mich, als wollte er ein großes Reich gründen, zwei von dieser Sorte oder noch mehr."

„Je kleiner der Körper", ich küßte ihre Fingerspitzen, „desto größer der Ehrgeiz. Wir werden ihn einige Haltepunkte seines Lebens weit begleiten."

Unser Lager konnte innerhalb einer Stunde abgebrochen und an anderer Stelle wieder aufgebaut werden. Amoustrella hatte einen kleinen Imbiß zubereitet.

Zusammen mit dem schwarzhäutigen Amir Darcy Boog wirkten wir tatsächlich wie reiche Nomaden. Mein Haar war halblang und blauschwarz gefärbt. Langsam drang die Kühle durch den dünnen Stoff und erreichte meine Haut.

„Heute abend werden wir wohl mehr über die Franzosen erfahren“, sagte ich und nahm den nächsten Schluck. „Mir scheint, daß vorläufig das Direktorium und Napoleon das revolutionäre Chaos nicht nur verlängern, sondern auch in andere Länder verschleppen.“

„Für einen Bewunderer jenes Mannes, von dem du mir berichtet hast, dem kleinwüchsigen Makedonen, ist dieses Vorgehen selbstverständlich“, sagte Amoustrella.

Ich befahl Boog, das Lager in der Zeit, in der wir Gäste des Korsen waren, weiter nach Süden zu verlegen. Der nächste Punkt war bereits genau bestimmt.

Auf dem Heimweg leuchteten Sterne und Mond die Spuren von Gazellen und Schakalen aus. Erst spät entzündete ich die grellen Fackeln. Der Wein, mit dem uns Bonaparte bewirtet hatte, schien auf dem Transport gelitten zu haben; mein Zellschwingungsaktivator kämpfte mit einem stechenden Kopfschmerz. Als Amoustrella sprach, fiel sie in einen schauerlichen Dialekt aus der Bretagne.

„Bei allen siebentausendsiebenhundertsiebenundsiebzig bretonischen Heiligen, bei Saint Guirec, Briac, Duzec, Quai, Avoye, Cadu und Pabu . . .“

„Bis du sie alle aufgezählt hast, haben wir Gibraltar erreicht“, unterbrach ich sie ächzend. Sie lachte laut und fuhr fort:

„Fast jedes Genie verursacht augenblicklich eine Allianz der Mittelmäßigen. Auch und gerade unser brillanter Gastgeber. Er bekommt, was er will, und er will vieles, fast alles. Auf seine Art ist er ebenso ein Ordnungsfanatiker wie du, Wüstenfalke."

„Ich betreibe meine Ordnungsliebe allerdings ohne größere Kriegszüge", sagte ich und atmete die kalte, frische Luft tief ein und aus. Langsam wichen die Schmerzen unter der Schädeldecke. „Wenn er fünfzig Jahre alt wird, dann liegen zwei spannende Jahrzehnte vor Napoleon und jedem, der mit ihm zu tun hat."

Wir ritten langsam, die Pferde fanden ihren Weg ohne Zügelhilfe. Über uns spannte sich der herrliche Sternenhimmel der libyschen Wüste. Wenn ich an die Vorhaben, die weitgespannten und teilweise undurchführbaren Einfälle und Visionen des Korsen dachte, wurde mir schwindelig.

Selbst Alexander, sein Vorbild, verwirklichte nur einen Teil seiner Vorstellungen. Der Trost des Extrasinns half mir, würde aber den Tod vieler Menschen nicht verhindern.

„Aber du willst ihn nicht zwei Jahrzehnte lang begleiten", meinte Amou. „Eine wenig ersprießliche Vorstellung, Liebster."

„Völlig absurd", sagte ich. „Mir graut, wenn ich an die Konsequenzen denke. Ich werde von Riancor mehr Berechnungen und Einschätzungen verlangen. Dann treffe ich eine Entscheidung."

„Auch Napoleon hat keine große Eile, wie mir scheint."

Wir ritten den langen, sanften Hang einer Düne und in die Ebene hinunter. Das Lager war schwach beleuchtet. Die Zeltwände wirkten wie die Flanken winziger Pyramiden. Längst stand der Sirius vor Sonnenaufgang am östlichen Himmel, jener Stern, der als *Sepedet* den Bewohnern des Landes sagte, daß im Süden der Regen fruchtbare Erde von den Hängen wusch und mit dem steigenden Nil anschwemmte. Wir erreichten den Rand des Impulsfeldes, und Boog schaltete die Sicherheitsanlagen für wenige Sekunden ab. Wir fielen müde in die knarrenden Sessel, und ich schloß die Augen. Amou massierte mit zärtlichen Fingern meine Schläfen, während der Aktivator seine Schwingungen aussandte.

Vor den Spitzen meiner Stiefel raschelten unsichtbar die Insekten zwischen den Sandkörnern. Die Feuchtigkeit aus unseren Schlauchsystemen zauberte seltsame Gerüche aus dem Sand. Während ich meinen Umhang dicht um meine Schultern zog, versuchte ich, Riancors Wahrscheinlichkeitsrechnungen zu interpretieren, richtig zu interpolieren. Es waren nicht etwa Visionen, die mich folterten, sondern die Erinnerungen an viele andere Versuche, die Welt zu beherrschen. Von den phönizischen Kaufleuten über die Legionen Roms, von persischen Heeren, den makedonischen Reitern, von Hunnen, Mongolen, Kreuzrittern oder den wilden Reitern unter der Flagge Mohammeds. Auf der einen Seite der Waage: England.

Dort hatten meine unzähligen Anregungen im Lauf langer Jahre zu technischem Fortschritt geführt. Die Kaufleute, die Schiffe, die Kolonien – schon heute sprach man an weitaus mehr Stellen des Planeten Englisch. Nicht Französisch. Am Ende einer technischen Weiterentwicklung stand zwangsläufig der Versuch, die Planeten und die Sterne zu erobern. Auch die fünfte Berechnung, ausgeführt mit der vollen Kapazität aller Rechner meiner Kuppel, jede der vielen Analysen, ließ erkennen, daß nicht die Sprache Racines oder Voltaires sich ausbreiten würde, sondern die Sprache Shakespeares.

In der anderen Waagschale: Frankreich. Das Land, das die wirren Triebe einer fragwürdigen Revolution zugleich mit dem akzeptablen, aber viel zu spät „erfundenen" metrisch-dezimalen Systems in alle Richtungen reckte. Nach Indien marschieren, um England in Kolonien zu bekämpfen, die es noch gar nicht gab? Möglicherweise waren feine Lebensart und einzelne Bestandteile der französischen Kultur schmackhafter als ein englisches Frühstück, und auch der Calvados konnte sich mit Whisky aus Schottland messen, aber auch die Hofhaltung bei Dareius in Persepolis hatte das Ende seines Reiches nicht hinauszögern können.

Schritte knirschten im Sand. Ich drehte mich nicht um und spürte die Finger Amous auf meinen Schultern.

„Wenn du allein und schweigend die Sterne zählst", flüsterte sie, „ist es vielleicht gefährlich, dich in schweren Überlegungen zu stören, o en to chrono siton."

Sucher zwischen den Zeiten, übersetzte der Logiksektor.

„Du störst nie", sagte ich leise. Sie setzte sich auf meine Knie und schlüpfte unter den Mantel. „Du hast gesehen und mitangehört, was Riancor meint."

„Frankreich oder England." Es war eine knappe Feststellung. Ich nickte; ihr Haar kirzelte mich an der Wange und am Hals. „Eine schwere Wahl?"

„Eine wichtige Entscheidung", sagte ich. „Ich sehe gerade vor meinem inneren Auge, wie sich die Waagschale langsam senkt. Auf ihr steht geschrieben: Britannien."

„Wenn du deine Entscheidung an Personen knüpfst?"

„Nelson oder Napoleon. Und nicht zu vergesen, Nonfarmale."

„Was bedeutet dies für die nächsten Tage?"

Ich glaubte, eulenartige Vögel vor dem riesigen Kreis des nächtlichen Gestirns zu sehen. Sie jagten Wüstenmäuse.

„Beobachten, was Napoleon unternimmt. Ob er siegt. Ob seine Kultur, von der wir heute einen Ausschnitt erleben konnten, das Nilland beeinflußt."

„Nun ist Frankreich meine Heimat. Die Revolution? Du

weißt, wie ich darüber denke. Napoleon, das Direktorium – auch Robespierres Herrschaft waren nur von kurzer Dauer. Du, ich, wir . . . die Gründe, Nelson zu unterstützen, wiegen wahrscheinlich nicht nur auf deiner Waage schwerer."

„Wir lassen die nächsten Tage oder Monate entscheiden. Riancor zeigt uns, was an anderen Orten geschieht, Licht des Jahres", sagte ich und zog sie an mich. „Nelson und England, Napoleon und Frankreich, es gibt beides noch länger."

„Und Nahit Nonfarmale."

„Keiner der drei ist ewig", sagte Amoustrella in mein Ohr.

„Nicht einmal ich." Ich hob Amou auf und stapfte ins Zelt zurück. Amir Darcy Boog umkreiste, irgendwelche erfundenen Sinnsprüche murmelnd, schützend das Lager.

5.

„Haben zwei Männer immer wieder die gleichen Ansichten, so ist einer von ihnen überflüssig. Ich bin es nicht."

Napoleon Bonaparte

Unaufhaltsam marschierten Napoleons Truppen nach Süden. Einige Soldaten stürzten sich in den Nil-Seitenarm und fanden einen qualvollen Tod. Eine überaus seltsame Verwirrung ihres Verstandes, meinte Napoleon, ein Haß auf den Fluß führte zu derlei Exzessen. Alle zwei Tage wechselten wir den Lagerplatz. Bei jeder Marschpause nutzten die Männer die Gelegenheit zu einem Bad im schmalen Rinnsal. Schließlich hielt Napoleon eine seiner vielen anfeuernden und mitreißenden Ansprachen.

„Soldaten!" rief er. Seine Stimme war weittragend und deutlich wie die eines römischen Senators. „Der Nil beginnt bald zu steigen. Jetzt entspricht sein Anblick nur wenig seinem Ruhm. Dann werden alle Erzählungen wahr. Bald wächst Getreide, und wir werden die Handmühlen drehen und gutes Brot backen können."

Ich war sicher, daß ich richtig verstanden hatte. Die Soldaten murrten; ihre Unzufriedenheit war deutlich zu spüren.

„Dieses nackte, eintönige und traurige Land, in dem wir so beschwerlich marschieren, wird bald von Pflanzen bedeckt sein. Der Nil wird aussehen wie der Po, an dem wir gesiegt haben."

Dadurch sollte wohl der erste Hinweis erfolgen, daß sich Napoleon auf einen langen Aufenthalt einrichtete. Auch am legendenhaften Nilufer wuchsen Pflanzen nicht wesentlich schneller als in Frankreich.

Weiter! Auf das Ende des Nildeltas zu! Am neunzehnten Juli war das Heer nur noch zwölftausend Meter von Kairo entfernt. Durch das Spektiv erkannten Napoleon und seine Anführer bereits die Pyramiden. Die Tatsachen über das Steigen des Flusses, die steinernen Bauwerke und die Stellung der Mamelucken kannte Napoleon von mir; ich war zu seinem persönlichen Berater aufgerückt. Murad Bey hatte den weithin laut hörbaren Ausspruch riskiert, am Fuß der Pyramiden, die von seinen Vorfahren erbaut worden waren – was abermals nicht stimmte –, würden die Franzosen ihr Grab finden. Entsprachen Prunkwaffen und Kleidung ihrer Tüchtigkeit, siegten zwangsläufig seine Krieger mit ihren vierzig Geschützen.

Schließlich schrien die Soldaten:

„Da sind sie! Die Türme der Stadt. Vierhundert sollen es sein."

Schon um neun Uhr morgens sahen wir die Schlachtreihen und die Stellung der Verteidiger vor den Pyramiden des Chufu-Cheops, des Chaef-Re-Chefren und des Menkaura-Mykerinos, die Soldaten zählten die vierhundert Minarette von Kairo und erkannten die Ausdehnung der Stadt jenseits der beiden Nilarme.

„Zwölftausend Männer, schätze ich“, sagte Napoleon und deutete auf die Reiter des Zentrums und des linken Flügels. Ich fügte hinzu:

„Jeder von ihnen hat drei bis vier Männer bei sich, die ihnen Waffen reichen und erfrischende Getränke.“

Der gesamte Nil war voller Schiffe. Auf der rechten Seite des Flusses hatte sich nahezu die gesamte Bevölkerung der Stadt versammelt und wartete auf die Schlacht.

„Wir bleiben außerhalb der Reichweite ihrer Geschütze“, entschied Napoleon und schien seinen Schlachtplan bereits entworfen zu haben. Ich zweifelte nicht einen Atemzug lang daran, daß er weitaus besser war als der Murad Beys.

Seit Tagen hatten Meldereiter, Gerüchte, meine Hinweise, einzelne Fellachen und die Geländeunterschiede diesen Augenblick vorbereitet. Die Spannung entlud sich in einem endlosen gellenden Geschrei der französischen Soldaten. Napoleon schrie:

„Wir greifen die Mitte an. Vorbereiten, Männer. Unsere Karrees zusammenstellen.“

Der rechte Flügel des Mameluckenheers wartete am linken Ufer hinter den Wällen des Lagers, aus dem die Kanonen drohten. Amoustrella und ich hatten Napoleons Umgebung längst verlassen und warteten am höchstmöglichen Punkt, den unsere Pferde erreichen konnten.

Mehr als dreizehntausend Meter weit hatten sich die Verteidiger auseinandergezogen. Die Masten der Schiffe wirkten tatsächlich wie ein kleiner Wald. Langsam formierte sich Napoleons Heer; es entstand kaum Unordnung. Die Männer bewegtens ich außerhalb der geschätzten Reichweite der Feldschlangen.

Staub und Sand bildeten Vorhänge, Schleier und Wirbel. Unaufhörlich bewegten sich Pferde, Waffen und

Männer. Sonnenlicht blitzte zehntausendfach aus allen Richtungen, von Metall reflektiert. Ganz links, unmittelbar neben den Pyramiden, warteten schätzungsweise achttausend Beduinen in den Sätteln ihrer unruhigen Pferde. Noch war nicht ein Schuß gefallen.

„Es wird wieder ein Gemetzel“, sagte ich und stieg aus dem Sattel. Aus dem Wassersack goß ich etwas in einen großen Ledernapf, wusch Augen und Nüstern der Pferde und ließ sie saufen. „Die Vierecke der Infanterie stiften bereits Verwirrung bei den anderen.“

„Ein Anblick, der selbst mich ängstigt, Atlan“, sagte Amou. Offensichtlich dachte Murad Bey, die Franzosen würden sich wild auf seine Truppen stürzen. Aber die menschliche Maschinerie des Heeres handelte mit bewährter Gesetzmäßigkeit. Dicht aneinandergedrängt marschierten die Soldaten, die Gewehre im Anschlag, die Bajonette bereit. Meldereiter sprengten hin und her. Atemlos schien jeder einzelne Mann auf den Beginn des Tötens zu warten.

Murad Beys Reiter galoppierten an. Sie kamen auf die Vierecke zu, ließen ihre Säbel und Lanzen wirbeln. Die Gewehre der Mamelucken feuerten, aus den Läufen der Pistolen, von denen jeder Reiter ein ganzes Sortiment trug, zuckten Feuerstrahlen, unsichtbar im Sonnenlicht. Rauch wallte auf und zog träge davon. Die Franzosen warteten kaltblütig, bis die Turbanträger nahe genug heran waren, dann erwiderten sie, im Gleichschritt vordringend, das Feuer. Die Pferde waren leicht zu treffen, leichter als die Männer in hinderlichen weiten Hosen.

Der große Kampf weitete sich aus.

Einzelne Schüsse lösten sich in dem Geräuschorkan auf: Geschrei und die dröhnenden Schritte vieler Tausender, die trommelnden Pferdehufe und die trillernden Schreie der Nomadenreiter, das sinnlose Donnern der

Geschütze, das aufgeregte Geschrei der Kairo-Bewohner und die Kommandos der Offiziere – alles wurde zu einem dröhnenden, rasselnden, klirrenden Dauergeräusch, das über den flachen Teil der Landschaft schallte und sich an den felsigen Wänden brach.

Die gewaltige Feuerkraft der Karrees, die sich nach mehreren Seiten richtete, warf jeden Angriff der Reiter unter gräßlichen Opfern zurück.

Die kostbaren Pistolen wirbelten in den Sand, die prunkvollen Gewehre steckten wie Pfähle im trockenen Schlamm. Zwischen den wenigen Palmen funkelten die gekrümmten Schwerter. Eine dicke Schicht Rauch legte sich dicht über den Boden und trieb, dünner werdend, auf die Schiffe zu. Stundenlang erfolgte Angriff auf Angriff, und stets blieben die Franzosen, bei jedem ihrer sinnvollen und meist überraschenden Manöver, außerhalb der Kanonen des Gegners.

Die Reiter rissen schließlich ihre Pferde herum und flüchteten.

„Wieder siegt der Korse“, sagte Amoustrella. „Und die Männer im Lager? Schlafen sie?“

Die Gruppen der Reiter suchten zwischen den Leichen, herumirrenden Pferden und den monolithischen Formationen des Gegners den einzig möglichen Weg zu finden. Sie ritten auf den Nil zu und stürzten sich in die trägen Wellen. Ich schätzte, daß einige tausend Reiter mitsamt den Pferden ertranken; kaum einer erreichte das Ufer Kairos. Ein Schiff begann zu brennen – war das Feuer vorsätzlich gelegt worden?

Die Fußsoldaten enterten die Kähne und versuchten rudernd, ihr Leben zu retten.

Das Feuer griff von einem Schiff auf das andere über. Ich hatte beobachten können, daß unzählige Mamelucken ihren wertvollsten Besitz auf die Schiffe geladen hatten. Eine Information besagte, daß auch der Staatsschatz des

Landes auf den Schiffen gelagert war. Ein Schiff, dessen Planken barsten, sank bereits, unzählige andere brannten mit einer gewaltigen Menge grauen, weißen und schwarzen Rauches. Ich stieß ein halb verzweifeltes Gelächter aus.

„Das Gold der Pharaonen ist auch dabei. Es versinkt im Nilschlamm. Es ist nicht zu fassen."

„Wenn es Monsieur le Géneral erfährt, wird er tobsüchtig."

„Ich habe nicht vor, einen solchen Anfall mitzuerleben", sagte ich und hielt mich am Sattelhorn fest.

„Und selbst die Wachtruppen vor der Stadt flüchten jetzt."

„Eine Massenflucht. Die Panik steckt alle an."

Wie die Besinnungslosen rannten und ritten die Männer am jenseitigen Ufer des Nils davon.

Ich nickte Amoustrella zu. Wir hatten genug gesehen. Daß Napoleon im prachtvollen Haus von Murad Bey sein Quartier aufschlagen würde, hatte er uns bereits versprochen.

„Wohin können sie fliehen?" fragte Amou, während ich mich in den Sattel schwang. Ich deutete nach Osten.

„Da ihre Schiffe verbrennen, zugleich mit ihrer goldenen Habe, bleibt ihnen nur der Weg, den einst Moses genommen hat. Zur Halbinsel des Sinai."

„Und die Eingeborenen, sie werden die Häuser der Mamelucken plündern", meinte Amou. Ich nickte und berührte die Flanken des Hengstes mit den Sporen.

„Das ist immer so, wenn der Verlierer feststeht."

Später erfuhren wir, daß zunächst der Besitz des Bey hinter den Wällen und Verschanzungen am Fluß geplündert wurde – von den Franzosen. Als die Männer herausfanden, und diese Botschaft sprach sich fast so schnell herum wie die Befehle der Offiziere im Kampf, daß die Verteidiger oft ihr Geld in Brusttaschen aufbewahrten, wurde das gesamte Schlachtfeld systematisch abgesucht. Die Beute war beträchtlich, selbst im Schilf und im flachen Wasser suchte und fand man Leichen. Die Waffen waren schon kleine Vermögen, und Napoleon ließ die kostbaren Teppiche des Bey in die Zelte legen.

Als er erfahren mußte, daß tatsächlich unschätzbare Werte an silbernen und goldenen Gegenständen aller Art, an Geschmeide und Juwelen und, ohne Zweifel, auch der Staatsschatz im Nil versunken waren, tobte er stundenlang.

Aber schon in der Nacht wurden er, seine Generäle und die Mannschaften abgelenkt.

Kairo begann zu brennen.

In den Teilen der Stadt, in denen die Besatzer gewohnt hatten, ging ein Haus nach dem anderen in Flammen auf. Große rote Zungen leckten zum Himmel, Rauch trieb vor den aufragenden Minaretten und den Resten pharaonischer Tempel. Die armen Bewohner Kairos plünderten die verlassenen Häuser der ehemaligen Landesherren. In ihrer Wut zündeten sie auch die Kasernen der Mamelukken an.

Die Feuer brannten grell, das rote Flackern erreichte auch die Landschaft am Nil.

Die düsteren roten Lichtstreifen spiegelten sich auf einer mächtigen grauschwarzen Masse, deren Flanken naß zu sein schienen. Große sichelförmige Flügel reckten sich in die Höhe, das Gefieder gab rasselnde und scharrende Laute von sich. Tropfen aus fauligem Sumpfschlamm spritzten stinkend nach allen Richtungen. Das große Tier, das bis zum Bauch im Schlamm stand, war von Tausenden riesiger Stechmücken umschwirrt. Als wieder ein Funkenschauer in die Höhe stob und die Umgebung beleuchtete, sich in einem breiten Streifen Helligkeit im Nil spiegelte, war der langgezogene Kopf der Bestie zu sehen. Die Kiefer bewegten sich und zermalmten mit funkelnden Zähnen den Unterschenkel eines Toten.

Klauen und Krallen, blutbesudelt und schlammbedeckt, zerfetzten einen anderen toten Soldaten. Der Flugsaurier fraß und schlang ohne Hast. Gestank breitete sich aus, die Augen des Tieres schienen zu glimmen.

Nonfarmales saß mit untergeschlagenen Beinen auf der Rückenlehne des Sattels, schien gelangweilt zu warten und schaute sich um. Der Brand und die nackten, ausgeplünderten Leichen, die im Fluß trieben, erfüllten ihn offensichtlich mit geringem Interesse. Nonfarmale hielt eine kopfgroße Kugel in der Hand und sog von Zeit zu Zeit an einem dicken Halm, der sich jedesmal, wenn Nonfarmales Zähne dem Mundstück näher kamen, fortkrümmte.

Schmatzend, gurgelnd und schlürfend verschlang der Drache die Leichenteile. Das Schilf schwankte, die Papyrusstengel raschelten, als sich der Saurier aus dem Schilfstreifen aufs Land schob.

Über den Pyramiden schwebte der Mond. Nonfarmale drückte die Kugel zusammen, bis sie zur Größe einer Feige schrumpfte, und schob sie in eine Tasche der rüstungartigen Uniform. Sein Gesicht trug einen zufriedenen, fast heiteren Ausdruck. Er schob den Helm und das aufblitzende Visier über seinen Kopf und rammte dem Saurier die Sporen in die Seiten.

Mit schriller Stimme schrie er einige Kommandos. Schwerfällig setzte sich der Saurier in Bewegung, begann zu rennen und schwankte hin und her. Sand wirbelte auf und mischte sich mit dem fetten Rauch, als die großen Fledermausflügel die Luft peitschten.

In einer Anzahl von Sprüngen, mit fauchenden und zischenden Schlägen der Schwingen, kam der Saurier in die Luft. Er flog in einem flachen Winkel auf die Dünen zu, geriet in ganzer Länge in den Bereich des Mondlichts und schwebte schließlich in die Richtung auf Kairo.

In diesem Augenblick erhaschten die Linsen einer Spionsonde den ersten Blick auf Nahith Nonfarmale im Sattel des furchterregenden Reittiers. Das Blut und der Schlamm an der panzerartigen, zusammengestückelten Haut der Flugechse färbten sich im Mondlicht und wirkten wie eine Schicht aus hellem Gold.

Mitten in den Rauchschwaden über der Stadt verschwanden Drache und Reiter.

Napoleon und seine Offiziere waren gekleidet wie die Mamelucken, und mir wurde deutlich, daß sie es wegen der Männer aus Kairo und anderen Städten taten. Die Soldaten nannten ihren Anführer „Sultan al Kabir". Ich hatte einsehen müssen, daß Nonfarmale sich eine Zeitlang nicht wieder sehen lassen würde. Er war satt, der Saurokrator. Napoleons Gelehrte und Wissenschaftler waren ausgeschwärmt und stürzten sich, von mir auf mögliche Fundorte hingewiesen, auf die Zeugen einer der schönsten Kulturen des Barbarenplaneten. Besonders der fünfzigjährige Dominique-Vivant Denon, ein Graveur, Porträtist und Diplomat in Petersburg und Sizilien, beschrieb bald die Ruinen in Bildern und Unterschriften.

„Zwei Schwierigkeiten", erklärte Napoleon den Männern um Scheich As Sherkawi, dem Obersten Gelehrten Kairos, „verhindern, daß ich und mein Heer zum Islam übertreten. Die Beschneidung und das Verbot, Wein zu trinken."

Einige meiner Ratschläge waren von ihm und seinen Leuten beherzigt worden. Die Franzosen fanden ein gutes Verhältnis zu den Ägyptern und halfen ihnen dort, wo die Mamelucken sie nur ausgebeutet hatten – mit Ratschlägen für die Verwaltung und eben dadurch, daß sie ehrfurchtsvoll mit den Altertümern umgingen.

„Warum dies, Al Kabir?"

„Von Kindheit an sind meine Soldaten an den Wein gewöhnt. Sie könnten ohne ihn nicht kämpfen. Ich will aber bei euch in Kairo und in anderen Städten Rekruten anwerben."

Ein Heer, das auf Kamelen ritt, meinte Monsieur le Géneral, würde in eineinhalb Monaten nach Babylon vorstoßen können. Al Kabir, der Große, schien jeden Fehler, den Alexander gemacht hatte, nachvollziehen zu wollen.

„Bürger General", wagte ich einen Einwand, den Napoleon mit blitzenden Augen, großen Gesten und ebensolchem Unwillen zur Kenntnis nahm. „Mit ägyptischen Bauernsöhnen werden Sie den Indus nicht erobern. Fraglich ist, ob sie sich anwerben lassen, und wenn sie kämpfen sollen, laufen sie davon. Disziplin ist ein unbekannter Begriff, Mut fehlt völlig."

„Ich kaufe fünfzehntausend schwarze Sklaven am Oberlauf des Nils!" rief er aufgeregt. Ich winkte ab.

„Ihr kennt nicht einmal das Gelände in südlicher Richtung."

„Bald marschieren wir dorthin!" sagte er mit schneidend scharfer Stimme. „Der Zeitplan, den ich in Paris ausgearbeitet habe, ist bereits angeglichen."

Ich vollführte eine zweifelnde Geste, hielt mich aber angesichts der vielen Besucher zurück.

„Bis zum Ende des zweiten Drittels, nächstes Jahr, muß Ägypten vollständig erobert sein. Wir werden bekommen, was ich brauche: Kamele, Pferde, Männer, Verpflegung und Waffen."

Ich schwieg. Bei nächster Gelegenheit würde ich versuchen, den General von der unvorstellbaren Größe des Problems zu überzeugen. Die Zeiten eines Alexander waren endgültig vorbei. Zweitausendsiebenhundert Kilometer von Toulon, sechseinhalbtausend Kilometer von

Malabar in Indien entfernt – es wäre derselbe Wahnsinn, als ob er den Zaren in Moskau angreifen wollte!

Meine Unruhe nahm zu. Es schien, als hätten sich Riancors Berechnungen teilweise als falsch erwiesen, als würde auch meine Kenntnis der Bewohner dieser barbarischen Welt lückenhafter werden anstatt besser. Napoleon war offensichtlich entschlossen, doppelt soviel zu riskieren, als er leisten konnte. Ich zuckte mit den Schultern und wartete, während Bonaparte in der dekorativen Schar seiner Offiziere gegenüber den Abordnungen der Ägypter über seine Pläne sprach.

Ob trotz meiner Denkanstöße, meiner eindringlichen Beratung und der unzweifelhaft vorhandenen hohen Intelligenz des Korsen das „Große Reich" jemals verwirklicht werden konnte, wurde von Tag zu Tag fraglicher.

Die Beduinen, von denen auch die Soldaten des südwärts marschierenden Heeresteils unter General Desaix häufig in tödliche Gefahr gebracht wurden, machten um unser Lager einen großen Bogen. Ein kreisförmig ausgestrahltes Psychofeld versetzte sie beim Näherkommen in unergründliche Furcht.

Ich saß bequem im Sattel, das Tier unter mir trabte ohne Zügelhilfen durch den hartgebackenen, geriffelten Sand. Die Bewohner der Stadt und des Umlands warteten ebenso wie Napoleons Soldaten auf die Nilüberschwemmung. Als ich vom Kamm der nächsten Düne aus den grünen Kreis des Lagers erkannte – diesmal standen unsere Zelte in einer winzigen Oase zwischen Palmen, deren Wedel vertrocknet waren und wie Stroh raschelten –, sah ich, daß Amoustrella wartete. Sie winkte mit einem Schal.

„Es scheint wichtig zu sein. Galopp, mein Freund", sagte ich, packte die Zügel und stob in einem schnellen, trommelnden Galopp zum Lager. Wäre es um meine eigene Sicherheit gegangen, hätte mich Boog oder Riancor direkt gewarnt.

Ich sprang aus dem Sattel. Die dunkle Farbe des Sonnenuntergangs überflutete Dünen, Palmen und Zelte. In der Ferne glühten die Minarette der Stadt.

„Es gibt Schwierigkeiten?“ fragte ich und ließ mich von Amou in die dämmerige Kühle des Zeltinnern ziehen.

„Nicht für uns. Für deinen machtbesessenen Freund“, sagte sie mit einem hintergründigen Lächeln. Aus unsichtbaren Lautsprechern hörte ich die eindringliche Stimme Riancors.

„Im Moment sieht es so aus, als würde Konteradmiral Horatio Nelson der Flotte Bonapartes ernsthafte Schwierigkeiten bereiten können. Du solltest die Bilder abrufen, Atlan.“

„Sofort.“

Ich wußte, daß der einarmige Viscount von Sardegna aus die französische Flotte suchte. Ich klappte den Deckel einer lederbezogenen Truhe auf, aktivierte den Bildschirm und sah, was die Spionsonden auffingen. Die Flotte Nelsons hatte die Franzosen entdeckt: Sie waren nicht in den Hafen eingelaufen, sondern lagen vor Alexandria auf Reede. Admiral Brueys wußte offensichtlich noch nicht, daß Bonaparte vor Kairo gesiegt hatte, und vermutlich mißtraute er auch der Wassertiefe in Alexandrias Hafen. Er wartete anscheinend auf die traurigen Reste der napoleonischen Armee.

Über zwölf Linienschiffe verfügte der Engländer. Ich zählte bei den Franzosen vier Stück mehr. In Sichtweite der Stadt Abukir, in einer Bucht, lagen sie mit langen und unbedeckten Flanken. Viele Seeleute schienen an Land zu sein, denn es dauerte qualvoll lange, bis die Franzosen begriffen, daß Nelson trotz der einbrechenden Dunkelheit den Angriff signalisierte und rücksichtslos das Feuer eröffnete.

„Es sieht böse aus“, sagte ich leise und zeigte Amou die einzelnen Manöver. „Es wird ein Kampf, der die Schiffe auf geringste Entfernung aneinander heranbringt.“

„Eine ungemütliche Abendunterhaltung“, stellte Boog fest. Amoustrella sah schweigend zu, wie Nelsons Linienschiffe ihre vernichtenden Breitseiten abfeuerten und sich im Gegensatz zu den Franzosen ungehindert durch das Wasser der Bucht schoben. Der Kampf erreichte schon nach kurzer Zeit den ersten wütenden Höhepunkt; schweigend sahen wir zu, wie die Engländer die Flotte des Korsen dezimierten.

„Wenn er noch immer entschlossen ist, den Marsch nach Indien zu wagen“, begann Amoustrella, und ich beendete den Satz:

„... dann wird er auf jeden Fall reiten und marschieren müssen. Wenn der Morgen graut, ist seine Flotte eine Ansammlung von Wracks.“

Dunkelheit und dichter Rauch bedeckten die Bucht von Abukir. Zwischen den gewaltigen Schwaden der Pulvergase sahen wir bald nicht mehr als die langen Feuerzungen aus den Mündungen der Schiffsgeschütze und die weißen Fontänen, die zwischen den Schiffen senkrecht in die Luft aufsprangen und im Mondlicht eine schaurige Schönheit zeigten. Die Wellen waren mit schwimmenden Trümmern übersät, zwischen denen Tote, Verwundete und Ertrinkende schwammen.

Kurz vor Mitternacht flog das Flaggschiff der französischen Armada, die L'ORIENT, mit einer Kette grauenhafter Explosionen auseinander. Für mich war undenkbar, daß an Bord auch nur ein einziger Seemann überlebt hatte.

Zwei Schiffe aus dem östlichen Teil des brennenden, sinkenden Schiffsverbands hatten ankerauf gehen und sich vom Inferno der Niederlage lösen können. Ich glaube, Villeneuves Flaggschiff war unter ihnen. Sie flüchteten in einer Anzahl von verwirrenden Segelmanövern, aber sie schienen wirklich die beiden einzigen Schiffe zu sein, die heil die Bucht verlassen konnten.

Riancor meldete:

„Brueys ist tot. Nelson wurde schwer am Kopf verwundet. Napoleons Heer ist abgeschnitten, auf verlorenem Posten."

„Sein Heer wird verzweifeln", sage ich leise und betrachtete die letzten Bilder der völligen Niederlage. „Die Herrschaft Frankreichs über das Mittelmeer scheint vorbei zu sein."

Ich lehnte mich zurück. Die politischen Folgen dieses englischen Sieges würden sich erst später zeigen. Ich fing einen langen Blick Amoustrellas auf und sagte leise:

„Es steht fest. Unsere Tage sind gezählt. Wir werden Ägypten und Napoleon bald verlassen."

„Welches Ziel?" fragte Boog. Ich brauchte nicht lange zu überlegen.

„Zurück in die Höhle unter dem Wasser", bestimmte ich. „Mir fehlen Informationen und Ausrüstung. Überdies kenne ich Nelson kaum. Er scheint ein besserer Taktiker zu sein als Bonaparte."

„Das wird die Zeit zeigen", sagte Amoustrella.

Von der Höhe der Pyramiden aus wirkte das Niltal wie ein riesiger See. Bäume und Dämme ragten aus der schlammigen Flut, aus Straßen waren Kanäle geworden, Gärten und Wiesen versanken. Unzählige Boote mit dreieckigen Segeln fuhren auf der grauschlammigen Fläche. Die Hufe der Pferde knirschten im Sand. Wir waren allein, einen Büchsenschuß hinter uns ritt Napoleons Wache.

„Ich werde niemals ganz begreifen", sagte ich, „was

Sie, Bürger General, an den Indus treibt. Es wäre besser, wenn Sie sich auf Frankreich konzentrieren würden, auf den Kontinent, auf sichere Grenzen und ungehinderten Handel. Warum gegen England kämpfen? Warum nicht mit England handeln; die Insel zwingen, sich gegenüber allen Handlungen Frankreichs friedlich zu verhalten? Sie werden niemals den Indusfluß erreichen, Citoyen."

„Ich weiß, daß Sie den Weg dorthin kennen, Bürger ... Scheich Atlan", sagte er. Die Nachricht vom Verlust der Flotte hatte ihn in tiefe Verzweiflung gestürzt. Er war sehr nachdenklich geworden. „Bevor England nicht unterworfen ist, wird Frankreich keine Ruhe haben. Das wissen Sie ebensogut wie ich."

„Meine Ratschläge haben Ihnen bisher geholfen", sagte ich. „Bekämpft die Engländer meinetwegen im Kanal. Aber nicht im hintersten Indien."

„Das Direktorium bindet mir die Hände, Scheich."

„Es wird die Schwesterrepubliken, die Sie erkämpft haben, wieder verlieren und daran zerbrechen. Nelson wird jede französische Flotte bekämpfen und vernichten."

„Handelskrieg."

„Helden oder Abenteurer", sagte ich. „Sie sollten mehr Einsicht in das Mögliche und Unmögliche haben, mon Géneral. Wir werden uns sicher wieder begegnen; beide reisen wir viel, aus unterschiedlichen Gründen."

„Ich bin sicher, Scheich, und ich werde gern von Ihrer Klugheit wieder Gebrauch machen. Sie haben schon meine Männer begeistert, die sich um die Kultur der Pharaonen kümmern. Nur Kühnheit und Stärke der Waffen werden helfen, denn die Uneinigkeit der Machthaber in Paris ist die Wurzel des großen Übels. Ich werde auf dem Marsch nach Indien den Sultan der Türken vernichten."

„Ich werde zur gegebener Zeit hören, wie groß Glück

und Zufall waren“, sagte ich und grüßte zum Abschied. „Daran, daß Sie ein militärisches Genie sind, habe ich keinen Zweifel.“

Als ich davonritt, schaute er mir lange nach. Einen Tag später war unser Lager abgebrochen, und die Pferde weideten am Waldrand von Beauvallon.

Der Schatten des großen Baumes mit der papierdünn abblätternden Rinde lag auf dem Sand. Ein kühler, auflandiger Wind ließ die Blätter rascheln und wirbelte Staub unter den Sohlen auf. Wir standen vor der schmalen Brücke und betrachteten unser unberührtes südliches Paradies.

„Wenn ich Riancors Hinweise richtig interpretiere, dann steht ein längerer Flug bevor“, sagte Boog. Inzwischen glich er wieder einem Europäer, dessen Haut sonnengebräunt und voller Sommersprossen war. „Ich bereite Hangar und LARSAF vor.“

„In Ordnung“, sagte ich. „Jedenfalls starte ich weder heute noch morgen. Laß dir Zeit.“

„Während Napoleon versucht, Ägypten zu erobern, baden wir am Strand. Eine verrückte Welt“, stellte Amoustrella fest. Wir hatten nicht lange gebraucht, bis alle Systeme des Samuraidörfchens wieder arbeiteten. Die Vorräte reichten noch für ein Jahr oder länger. Jeden Abend würde ich, wenn nötig, die letzten Informationen über die Veränderungen im kriegerisch brodelnden Europa und wohl auch Daten über das nächste Auftauchen Nonfarmales einholen können.

„Die Regeln dieser Welt bestimme nicht ich“, brummte ich ärgerlich und nahm Amoustrellas Hand. Ohne Eile gingen wir über die Kieswege zum Haus, das wir zuletzt bewohnt hatten.

„Entführst du mich bei deinem Flug zu den Sternen, Atlan?“

Ich schüttelte entschieden den Kopf.

„Zu gefährlich, Amou. Ich beabsichtige, das Gestirn der Diana zu besuchen. Den Mond“, sagte ich. „Dieser Versuch ist nur der erste von vielen.“

„Ich warte und werde dich wie einen Stern am Himmel suchen.“ Amoustrella lachte und zog mich ins Haus. Es war unzweckmäßig, Nelson besuchen zu wollen, denn der Einarmige, den man gerade zum Baron von Nil und Burnham ernannte, der ein Geschenk von zehntausend Pfund kassierte, erholte sich gerade von der schweren Kopfverletzung.

„Dort suche ich allerdings nicht nach Nonfarmale.“

Riancor und Boog bereiteten das kleine Raumschiff vor. Amoustrella und ich hatten zunächst nicht mehr zu tun, als das Leben weit abseits aller Zivilisation, fern von den sinnlosen Kriegen der verrückten Barbaren, zu genießen. Frankreich oder England: Napoleon würde es auch nicht gelingen, die Welt zu einigen, und trotz der Überlegenheit englischer Technik und Naturwissenschaft schwebte mein Schiff nach Arkon noch in unerreichbar weiter Ferne.

„Vergiß wenigstens hier, in diesen Tagen, den Seelenfresser“, bat Amou und streichelte meinen Nacken. „Es gibt Angenehmeres zu tun und zu überlegen.“

Ich wußte, daß ich wieder aufbrechen und nach ihm jagen würde, wenn er sich zeigte. Also spätestens während der nächsten großen Schlacht, die Napoleon schlug. Ich fühlte, wie ich langsam wieder zur Ruhe kam; Brandung und weite Spaziergänge taten ihre Wirkung. Während ich über das Schicksal des Planeten nachdachte, testeten wir abermals die Systeme des Schiffes und ließen die LARSAF ZWEI-DREI schließlich vor den Hangar rollen.

Vergiß nie, daß die LARSAF dich nach Arkon bringen soll! mahnte der Logiksektor. Ich zuckte mit den Schultern und betrachtete das elegante, einem exotischen Vogel ähnliche Schiffchen, das auf dem filigranen Fahrgestell stand und in der Morgensonne blitzte.

„Auf zum Mond“, murmelte ich. „Ich riskiere ja nur mein Leben.“

Im kühlen Hangar halfen mir Riancor und Amir Darcy in den Überlebensanzug. Wieder war ich mit einem Dutzend nur scheinbar überflüssiger Systeme ausgerüstet. Alle Teile waren entweder an meinem Anzug oder an dem Pilotensessel befestigt. Ich streckte mich aus, klinkte die Gurte ein und bewegte prüfend Finger und Arme.

„Alle Kommunikationssysteme arbeiten einwandfrei“, sagte Riancors Stimme. Boog wartete, bis sich das Schott geschlossen hatte. Ein Leuchtfeld nach dem anderen erhellte sich, blinkte und brannte dann in klarer Farbe.

„Start frei.“

Ich führte langsam die einzelnen Schaltungen aus. Vor mir sah ich auf den holografischen Schirmen die Gesichter Amoustrellas und Riancors. Die LARSAF schwebte in die Höhe, drehte sich einmal, richtete die vogelschnabelähnliche Nase auf die bleiche Sichel des Mondes, dann zog ich den Höhenregler und schob den Geschwindigkeitsregler langsam vor.

„Der Kometensegler ist unterwegs“, sagte ich scharf. „Es wird ein paar Stunden dauern. Wir bleiben in Verbindung.“

„Viel Glück, Liebster“, flüsterte Amou. Die LARSAF schwebte schräg in den Morgenhimmel. Die Geschwindigkeit nahm zu, die Kraft des Andrucks preßte meinen Rücken gegen die Elemente der Lehne, den Kopf an die gepolsterten Lautsprecher. Ich schraubte mich in einer Spirale, die sich ausweitete, höher und höher über die riesige Insel, stieß in dünnere Luftschichten vor und bemerkte die Änderung des Lichtes, der Farben vor den Luken. Der Autopilot erwachte mit scharfem Klicken und korrigierte die Flugbahn, während die LARSAF schneller wurde. Von links schob sich der Mond ins Bild.

Ich kontrollierte jeden Schalter, jede Anzeige, Uhr oder Regler. Bis hinein in den letzten Winkel des Schiffes arbeitete jedes Element mit geradezu beängstigender Zuverlässigkeit und Präzision. Die LARSAF wurde von Sekunde zu Sekunde schneller, und jetzt stieß ich in die Schwärze des Weltalls vor.

Die Maschinen summten, die Kraft des Antriebs schleuderte die LARSAF dem Gestirn entgegen. Die Krater und stauberfüllten Ebenen, *maria,* Meere genannt, wurden deutlicher, und einzelne Erhebungen zeichneten sich scharf gegen die Schwärze ab. Ich steuerte, nachdem ich den Autopiloten ausgeschaltet hatte, eine Anzahl von Manövern, die von Mal zu Mal riskanter wurden. Das Schiff gehorchte mir, als wäre es ein Teil meines Körpers. Mehrmals dachte ich daran, einen Transitionssprung zu programmieren, aber ich hatte Amoustrella und mir versprochen, dieses Risiko noch nicht einzugehen.

„Ausgezeichnet!“ murmelte ich. Das Raumschiff hatte eine halbe Ewigkeit überstanden, nicht mehr zählbare Reparaturen, eine Bruchlandung und eine weitere Reihe von Ergänzungen und Reparaturen.

Trotzdem wurde ich die Unruhe nicht los, dieses Gefühl, etwas vergessen zu haben oder auf ein Ereignis, das überraschend auftrat, nicht vorbereitet zu sein.

Erwartest du Nahith Nonfarmale in einem lunaren Krater? fragte spöttisch der Extrasinn.

In weitem Bogen und mit sieben Zehnteln der Höchstgeschwindigkeit umkreiste ich den Mond, steuerte ins All hinaus und ließ die Triebwerke dreißig Minuten lang unter Höchstbelastung arbeiten. Dann änderte ich die Richtung und visierte den Planeten an.

„Perfekt, Riancor“, sagte ich. „Ich glaube, wir könnten weitere und längere Flüge durchführen.“

„Die Wahrscheinlichkeit des vollständigen Funktionierens war sehr hoch“, sagte Riancor. „Schließlich wurde jedes Teil jahrelang untersucht und unter Belastung geprüft.“

„Ich schalte den Autopiloten ein und bin auf Landekurs.“

„Verstanden.“

„Der Wein ist bereit, Kometensegler“, sagte Amoustrella und zeigte ein Lächeln der Erleichterung.

Es dauerte eine Stunde, bis die LARSAF mit ausgefahrenen Landeklappen auf dem Antigravpolster schräg herabsank, über der weißen Brandung einschwebte und zwischen den Markierungen riesiger Bäume auf die offenen Hangartore zudriftete. Ich setzte sie behutsam auf und rollte halb in den Schatten des Hügels hinein.

Dann löste ich die Gurte, desaktivierte einige Dutzend Schalter und ließ die Schleuse aufzischen. Das heiße Metall stank säuerlich, als ich die Metallsprossen hinunterkletterte und den Helm öffnete.

Ich legte meinen Arm um Amous Schulter und sagte zu Riancor:

„Der Gedanke, mit der LARSAF nach Arkon zu fliegen, ist hiermit keine Utopie mehr.“

6.

„Wer wünscht, daß man ihn fürchte, erreicht nur, daß man ihn haßt.“

Charles de Secondat Montesquieu

Zwischen Ende Mai und Anfang Juni 1799 marschierte ein großer Teil des Heeres von Akko die Mittelmeerküste entlang auf Abukir zu. Der General hat den alexandrinischen Traum ausgeträumt und mußte sich den Truppen des Sultans stellen. Al Kabir hatte viel von seiner Größe eingebüßt, aber immerhin verbreitete er in Ägypten Kultur, Zivilisation und medizinische Erkenntnisse mitsamt der Sprache seines Landes.

Bei Abukir sammelte sich ein weiteres türkisches Heer und wartete auf die Männer der abgeschnittenen Truppe. Am neunzehnten Juli zeigte sich über der Bucht der schauerliche Drachenreiter.

Meine Ellbogen lagen schwer auf der Tischplatte. Der Wein, den ich in der rechten Hand hielt, roch wie der späte Herbst Beauvallons. Vor mir, auf dem größten Bildschirm des Hauses, breitete sich die Küstenlandschaft nahe Alexandria aus. Sand, Dünen, Strandhafer und einzelne weiße Blöcke in phantastischen Windschlifformen, rauschende, niedrige Brandungswellen und kreischende Möwen bildeten eine Szenerie der Einsamkeit. Im Landesinnern wuchsen dunkle Gewitterwolken in die Höhe; strahlendes Sonnenlicht lag auf den Wellen. Hinter einem Wäldchen, das von kreideweißen Steinsäulen flankiert wurde, die schräg aus dem Boden ragten, erkannte ich den Strukturtunnel Nonfarmales. Die Energieröhre in seine Jenseitswelt bildete einen Dreiviertelkreis, der im Nichts über dem Strand begann und zwischen den schiefen Menhiren mit den Phantasiegesichtern endete.

Eine Stimme neben meinem Ohr wisperte eindringlich:

„Im Turm über der Lechschleife? Oder in Beauvallon, Gebieter?"

„Ich starte vom Turm aus", sagte ich. „Nonfarmale läßt auf sich warten."

„Er hat es ebensowenig eilig wie Napoleon und der Türke."

Die Uferlandschaft erstreckte sich abseits der Bucht von Abukir, nördlich und westlich von Alexandria, in einem Gebiet, in dem die Sonde nicht einmal die Spuren von Tieren entdeckt hatte. Nonfarmale hatte die Heere aufgespürt und würde nachsehen, wann die Schlacht stattfinden würde. Über den Strand rasten nebeneinander drei winzige Sandwirbel und klatschten ins Wasser. Ich drehte meinen Kopf, als ich Amous Schritte hörte.

„Ich werde nicht mehr versuchen, die Gefahren zu verkleinern", sagte sie. „Aber ich wünsche, du würdest hier bleiben. Nach allem, was ich weiß, wirst du mit äußerster Vorsicht kämpfen."

„Mein Überlebenspotential ist hoch", sagte ich bekümmert. „Und bisher ist er mir stets entkommen."

Hüter der Menschheit, Paladin der Erde, schoß es mir durch den Sinn. Die tödlichen Gefahren blieben mir, aber bisher waren mir die tieferen Schönheiten und die Befriedigung eines Sieges versagt geblieben.

„Du weißt, was dich erwartet – mehr oder weniger", flüsterte Amoustrella. Eigentlich konnte ich mit dem Leben eines Ausgesetzten auf dem Barbarenplaneten mehr als zufrieden sein. Besonders seit dem Zusammentreffen mit Amou. Andererseits verhinderte Nonfarmale meinen Flug nach Arkon. Solange er die Barbaren terrorisierte, durfte ich sie nicht allein lassen.

Ich atmete tief durch, leerte den Weinpokal und stand auf. Aber ich konnte meinen Blick nicht von dem Bild des Strandes lösen. Ich sah eine der vielen Landschaften des Planeten, aber durch den hellgrauen Tunnel zwischen den Welten erhielt sie die Bedeutung einer surrealistischen Szene. Ich deutete darauf und zog Amou an mich.

„Ich verschwinde in dieser Höhle aus Dunst", sagte ich. „Was danach geschieht, ist nicht zu beobachten."

„Du wirst es mir bald erzählen."

„Zweifellos. Ich muß gehen, Amou."

Trotz ihrer unerschütterlichen Zuversicht küßte sie mich, als sei es der letzte Abschied. Ich benutzte den Transmitter und befand mich unmittelbar darauf im Ausrüstungsraum des Turmes, zwischen Gleitern und den vielen Waffen und Geräten, die Riancor neben meinem Schutzanzug ausgebreitet hatte. Auch hier lieferte ein Bildschirm die unveränderte Ansicht des Mittelmeerstrands. Ich zog mich bedächtig um und ließ mir von den Robotern helfen.

„Du willst nicht zur Sicherheit Amir Darcy mitnehmen?“ fragte Riancor. „Er wäre in kurzer Zeit wieder ein Doppelgänger.“

„Noch nicht“, sagte ich. „Wahrscheinlich betrete ich wieder eine völlig andere Nebenwelt und muß erst Nonfarmales Versteck finden.“

„Die Ausrüstung wurde selbstverständlich nach diesen Gesichtspunkten zusammengestellt und, unnötig zu erwähnen, mehrmals erfolgreich getestet“, erklärte Boog und schloß: „Denn wenn man in die falsche Richtung rennt, ist es sinnnlos, die Geschwindigkeit zu erhöhen.“

Ich deutete grinsend mit dem Daumen über die Schulter.

„Weißt du jetzt, Riancor, warum ich so ungern den Bruder des Roboters verkörpere?“

„Ich teile deine Skepsis.“

Der gepanzerte Kampfanzug, leicht und bequem, wurde mit den letzten breiten Saumleisten geschlossen. Ich schob die Waffen in die Futterale. Der Gleiter, dessen empfindliche Bereiche ebenfalls gepanzert waren, trug eine Vielfalt unterschiedlicher Bewaffnung. Ich hätte damit mühelos einen konventionellen Krieg gewinnen können.

Riancor langte zum Armaturenbrett und drückte eine Taste.

„Ich habe das Ziel programmiert. Auf dem Flug könntest du schlafen, Atlan.“

„Das werde ich vermutlich auch tun.“

Bevor ich mich in den Pilotensitz zwängte, blickte ich auf den Schirm. Am Strand der Insel herrschte längst die Nacht, in unseren Zonen stand die Sonne senkrecht am

Himmel. Der Strukturtunnel war in den letzten Sekunden wieder verschwunden!

„Er rechnet nicht mehr mit dem Beginn der Schlacht heute nachmittag“, erklärte Riancor. Ich war derselben Ansicht und startete den Gleiter.

„Du kannst Boog losschicken, mich zu holen, wenn es sein muß“, befahl ich. „Es geht los.“

Die Tore öffneten sich. Ich schaltete das Deflektorfeld ein, obwohl wir nicht beobachtet wurden und sich bisher auch kein Kletterer auf den einsamen, wild überwucherten Felsen heraufgewagt hatte. Der Gleiter zog einen Halbkreis über Treibholz, Kiesbänke und Röhricht und schlug die Flugrichtung ein, die im Gerät gespeichert war. Ich brachte das Gefährt in eine größere Flughöhe und ließ einen einsamen kreisenden Adler hinter mir. In den nächsten Minuten verständigte ich mich kurz mit Amoustrella und Riancor, dann schloß ich die Augen und klappte ein Visier über einen Teil der Frontscheibe.

Im letzten Tageslicht senkte sich der Gleiter in einem perfekten Landekreis zwischen dem Strand und den Dünen, scharrte mit dem Kiel über trockenes Treibholz, und ich steuerte ihn in den Sichtschutz einer Reihe jener wuchtigen weißen Monolithen.

Bevor ich ausstieg, aktivierte ich mein eigenes Deflektorfeld und bewegte mich in einer Spirale von meinem Lagerplatz fort. Ich wußte, daß zwei Spionsonden über diesem Gebiet kreisten, die beide Armeen und hauptsächlich mich beobachteten.

„Riancor?“ flüsterte ich nach einer Weile. Ich saß auf einem Säulenfragment und lehnte mich gegen den Stein, der noch die Wärme des Tages ausströmte.

„Ich höre.“

„Gib mir einen kurzen Lagebericht. Wo ich bin, kannst du gleich selbst sehen.“

Vor den Sternen zog, schwach schimmernd, eine

kopfgroße Kugel vorbei, als ich das Feld wieder ausschaltete. Nonfarmale war nicht wieder aufgetaucht, die beiden Heere bereiteten sich auf das Aufeinandertreffen vor. Während ich zuhörte, ging ich langsam den Strand entlang nach Westen, dann wieder zurück. Ich war völlig allein. Die Spannung war tief in mir; wieder einmal versuchte ich, den Seelensauger zu stellen und gegen ihn zu kämpfen. Ich erwartete ihn selbst jetzt, mitten in der Dunkelheit. Ich blieb im offenen Gleiter sitzen, packte Essen aus und goß Calvados in einen Becher.

„Du weckst mich, Riancor, wenn sich der distanzlose Schritt wieder aufbaut. Klar?“ sagte ich und legte die entsicherte Waffe auf die Polsterung des Nebensitzes. Mondlicht glitt an den Flanken der Maschine herunter. Ich streckte die Beine ins Freie und scharrte mit den Absätzen im feuchten Sand. Grillen vollführten hinter den Dünen ihr nächtliches Zirpkonzert. Ich gähnte und sagte mir, daß in der Nacht mein Freund nicht auftauchen würde.

Ich schlief unruhig und war vor dem ersten Sonnenstrahl wach.

Schonungslos und mit kalter Grelle zeigten die Sonnenstrahlen jede Einzelheit. Zuerst hatte ich undeutliche Schatten im Innern des gekrümmten Tunnels wahrgenommen, jetzt schwebte Nahith Nonfarmale auf seinem stinkenden Untier aus seiner Welt heraus.

Er hätte mich auch nicht gesehen, wenn ich die Deflektoren nicht eingeschaltet hätte. Der Saurier schlug mit den Schwingen und hob seinen Reiter, der statt der Maske mit dem Visier eine Kopfbedeckung trug, die jener der napoleonischen Offiziere täuschend ähnlich sah. Auf dem schmalen Gesicht lag ein kaltes Lächeln, und das schlohweiße Haar war sorgfältig in Löckchen gedreht. Sonnenstrahlen brachen sich ganz vage an dem kugelförmigen Schutzfeld, als Nonfarmale über mich hinwegsegelte und ich den Gestank der Riesenechse in die Nase bekam. Ich schaute ihnen eine halbe Minute lang nach, dann schob ich mich in den Gleiter und verriegelte die Tür.

Eine meiner schlimmsten Visionen der Nacht war gewesen, daß wir mitten im Tunnel zur Anderwelt zusammenstießen.

Ich dirigierte den Gleiter langsam in die Öffnung und folgte der Krümmung des Tunnels aus einer Art Energie, die ich selbst nicht recht begriff. Sofort setzte die Fähigkeit aus, Entfernungen und Geschwindigkeiten zu schätzen.

Einige Zeit später zeichnete sich vor mir die pulsierende Öffnung ab. Ich nahm wechselnde Farben wahr: ein düsteres Rot, schwefliges Gelb und tiefe Schwärze. Jetzt wußte ich, daß mich keine idyllische Jenseitswelt erwartete. Ich flog unbeirrbar weiter und versuchte mir eine mystische Landschaft vorzustellen, an deren scheußlichstem Punkt mein Todfeind wohnte.

Mitten in einer Wolke schob sich der Gleiter in die Andere Welt, nach *antichtona* hinein. Ich schaltete das Aufzeichnungsgerät ein.

Die Eindrücke summierten sich zur völligen Verwirrung, dann setzte ich mühsam ein Bild zusammen. Unten blieb unten, oben vermischten sich viele einzelne Geiser zu einer brodelnden Wolkendecke. Tausend Meter oder mehr unter dem Gleiter breitete sich eine weite Fläche aus, die entfernt einer Flußmündung glich, die starken Gezeitenunterschieden unterworfen war. Inseln und Gräben, weite Flächen aus Gewächsen, treibende, entlaubte Gewächse, die wie die Knochen von Riesensauriern aussahen, Schlamm und Schlick, Sand und Felsen. Und jede einzelne Farbe strahlte etwas aus, das krankmachend war. Vielleicht hatte die Sonne oder eine der Sonnen über diesem Alptraum ein anderes Spektrum.

Aus der Landschaft, in der alles in Bewegung war,

ragten einzelne Felsen. Sie waren einige hundert Meter hoch und zeigten sich, in weitem Abstand voneinander, in grotesken, phantastischen und drohenden Formen. Klippen, Risse, Spalten und Höhlen gab es ebenso wie gerundete Flanken und ausgewaschene Torbögen. Jede Sekunde sah ich andere Bilder, die sich verschoben und augenblicklich wieder veränderten, und meine Phantasie schuf Schrecken und Terror, wo sich nur Licht und Formen bewegten.

Amoustrella Gramont war vergessen, Boog und Riancor ebenso.

Im Hintergrund meiner Empfindungen lauerte nur die Furcht, den Rückweg nicht mehr zu finden.

„Wo soll ich suchen?" fragte ich laut.

Es war eine Reise, ein Flug in die dunkelsten Winkel des Unbewußten. Hier konnte niemand leben, der nicht schon krank war. Der Gleiter war zwischen zwei weißen Steinnadeln hereingekommen, an deren Flanken purpurne und weiße Ranken verschlungene Muster bildeten. Zwischen ihnen flatterten rasend schnell Vögel mit metallisch glänzenden Federn.

Am Fuß der Felsgestalten brodelten im Schlick des halb trockengefallenen Landes Dampfwolken. Sie wurden von fauchenden und pfeifenden Geisern in die Höhe geschleudert, breiteten sich aus und schienen dichter zu werden, je höher sie stiegen. Jede Dampfsäule hatte eine andere Farbe, und wenn ab und zu von links ein gleißender Sonnenstrahl den Boden erreichte oder die Felsen traf, verwandelte sich das brodelnde Chaos in eine Hölle, die Augen und Verstand verwirrte.

Megalomane Phantasien aus Stein, die mühelos alles übertrafen, was ich von anderen Planeten kannte. Offensichtlich die richtige Heimstatt für eine Kreatur namens Nonfarmale.

Ich kurvte vorsichtig an den nächsten Felsen heran, ein

Gebilde, das an seinem oberen Ende in mehrere Spitzen auslief. Sie wirkten wie klobige Finger mit überlangen, gesplitterten Krallen. Der Bewuchs war ebenso monströs wie alles andere, ein blauer Dunst umwaberte den Fels. Tief unter mir sah ich eine Gruppe von fünf Kolossen, die durch den vielfarbigen Schlick stapften und mit Pranken und Mäulern darin wühlten. Sie hinterließen eine breite Spur, tief wie Gräben, die sich schnell wieder mit schwarzem, gelbem oder hellrotem Wasser füllten. Vögel saßen auf den Panzern, zwischen den Höckern und auf den Knochenplatten und bohrten ihre Schnäbel in Hautfalten.

Voraus tauchte ein seltsam geformter Berg auf.

Er hatte keine zackigen Spitzen, sondern schien waagrecht abgeschnitten zu sein. Als ich näher kam, sah ich weitere erstaunliche Einzelheiten. Schon seit dem Besuch in Nonfarmales Felsenhöhle sagte ich mir, daß er unmöglich selbst diese große Menge Gestein ausgehöhlt oder gestaltet haben konnte.

Die Oberfläche des Tafelbergs war nicht größer als das Marsfeld zu Paris. Eine Menge rechtwinklig zueinander angeordneter Mauern bedeckte die ebene Fläche. Als ich staunend etwa zweihundert Meter schräg darüber anhielt und zwischen Wolken, Schleiern und im gelegentlich aufblitzenden Sonnenlicht die Formen und Strukturen erkannte, hielt ich den Atem an.

Ein Labyrinth, flüsterte der Logiksektor.

Tatsächlich! Eine nicht mehr zählbare Menge von Scheinmauern und offenen oder geschlossenen Gängen – die Zwischenräume waren aus dem Fels herausgeschmolzen worden – bedeckte die gesamte Oberfläche des Tafelbergs. An sieben Stellen ragten Torbögen über die Masse der geometrisch einwandfreien Anlagen hinaus. Sie glichen den Formen jener Kirchen und Schlösser, die man vor mehr als sechshundert Jahren auf der Erde gebaut hatte. Die Öffnungen wiesen in sieben verschiedene

Richtungen. Sieben Pole, sieben Meere, sieben Himmelsrichtungen?

Alles schien denkbar.

„Du hast es mir nicht allzu schwer gemacht, Nahith", knurrte ich und dirigierte den Gleiter vorsichtig näher heran. Längst stand der Schutzschirm, jetzt setzte ich die Abwehrenergie herauf.

Ich zog eine weitere Kurve um den Berg, orientierte mich, so gut es ging, dann umflog ich das Labyrinth in immer geringerem Abstand. Die Anlage war nicht durch einen Energieschirm gesichert, denn aus dem Dampf kondensierten schillernde Tropfen und sanken langam wie klebriger Sirup herunter, legten sich auf das bearbeitete Gestein und fraßen, dünn rauchend, winzige Runen in die Flächen. Die Grundform des Plateaus war annähernd oval. In einem der Kreismittelpunkte mündete das letzte Stück des Weges durch das Labyrinth. In die Flanken des steinernen Torbogens waren die Umrisse einer dämonischen Fratze eingearbeitet, so daß der Eintretende zwangsläufig den aufgerissenen Rachen eines Ungeheuers passierte.

Flugechsen stürzten sich mit ausgebreiteten Häuten von den Felsen, segelten im aufsteigenden Dampf und jagten entlang der senkrechten Abstürze. Zwischen ihnen schwirrten Insekten umher, riesengroß und wie aus Metall; sie wirkten allesamt drohend. Die Luft war erfüllt von einem Dauergeräusch, das entfernt an ein mißtönendes Musikstück erinnerte, das aus den Pfeifen einer mit Dampf betriebenen Riesenorgel stammte.

Das einzig Normale schien die Sonne zu sein. Wenn sie durch die Wolken drang, änderten sich die düsteren Farben. Für kurze Augenblicke gewann diese chaotische Landschaft dann ein Aussehen, das sie erträglich machte.

Ich näherte mich dem Eingangstor.

Wo hatte Nonfarmale diese Welten gefunden? Alle

gleichzeitig oder eine nach der anderen? In welcher Wirklichkeit existierten sie? Ihre Sterne, zumindest die jener *pays de chimère,* die wir gesehen hatten, waren wohl auch die Gestirne, die ich von der Erde aus sah. Und warum hatte er nicht eine Gruppe seiner monströsen Landsleute mitgenommen? War er ein Einzelgänger, der letzte einer aussterbenden Rasse?

Der Atemluftanalysator flackerte aufgeregt in stechendem Rot. Ich lehnte mich zurück, faltete den Helm aus und rastete die Verstärkungsteile ein. Die Innenluftversorgung arbeitete mit gewohnter Zuverlässigkeit und vertrieb den Hauch schwefliger Luft, der durch eine winzige Undichtigkeit eingesickert war.

„Bevor ich Bomben abwerfe, sehe ich nach", sagte ich. Es war ein Versprechen mir gegenüber, weil ich unschuldige Sklaven, vermutlich Erdlinge, nicht töten wollte.

Als ich über einer Stelle schwebte, die einen blind endenden Durchgang markierte, feuerte ich aus dem Boden des Gleiters zwei Anker auf den Stein ab. Die Saugscheiben hafteten nicht. Ich schoß zwei Explosionsladungen, die sich in den Fels fraßen, und als ich die Servomotoren einschaltete, die ein dünnes Stahlseil aufwickelten, saßen die Anker bereits fest.

Unsichtbar turnte ich die schmale Leiter hinunter, markierte zur Sicherheit ihre Position durch zwei Einschnitte mit dem Vibromesser und lief auf dem Oberteil der Mauern, die etwa einen Meter breit waren, auf den Eingang zu.

Ich richtete drei Detektoren auf die Anlage und entdeckte nur einen Schirm, der Flüssigkeiten, Gase und schnelle Partikel abwehrte. Langsam schob ich mich hindurch und befand mich auf einer schiefen Ebene, die etwa fünfzig Schritte abwärts führte.

Ich blieb stehen, schob das Messer in die Stiefelscheide und zog die beiden Hochenergiewaffen. Ich entsicherte sie und ging langsam weiter, achtete auf Fallen und Warnanlagen. Wilde Spannung erfüllte mich; ein unbehagliches Gefühl schnürte meine Kehle zu. Ich war sicher, wieder Bilder von willenlosen Sklaven zu sehen. Die Rampe führte zu einem Portal, das breit genug war, um den Saurier mit angelegten Schwingen durchzulassen.

Ich schob mich, den Rücken am rauhen Stein, Schritt um Schritt näher. Das Portal, eine Konstruktion aus Materialien, die gleichermaßen Holz, Glas und Metall zu sein schienen, aber keineswegs genauso aussahen, hob sich und verschwand in einem breiten Spalt der Decke.

In diesem Augenblick traf mich eine Erinnerung wie ein Keulenhieb auf den Hinterkopf.

Ich krümmte mich innerlich.

Atlan Toxarchos! Im Licht des vollen Mondes, am Gestade des Meeres vor Troja, beugte ich mich über eine schöne, schwarzhaarige Frau. Aieta Demeter! Die Fürstin der Amazonen flüsterte zärtliche Worte in irgendeinem attischen Dialekt, stöhnte und biß mich in den Hals. Die Frau, die in den Wirren eines trojanischen Krieges von mir, einem dubiosen Halbgott, einen Sohn empfing.

Die Ähnlichkeit zwischen Demeter und Amoustrella war groß. Mehr als ein Zufall?

Aieta Demeter war davongaloppiert und hatte mir nichts anderes zurückgelassen als eben jene Erinnerung, einen Schwall unglaubwürdig klingender, aber ernstgemeinter Worte des Hasses und die Gedanken an das Vorhaben, jenen „meinen" Sohn zu suchen, wenn ich mein Versprechen einlöste, meinen Freund Odysseus auf Ithaka zu überraschen. Beides war während des langen Schlafes der Enttäuschung vergessen worden.

Gedankenfetzen, Bilder und Vorstellungen wirbelten vor meinem inneren Auge wild durcheinander.

Als ich vor mir undeutliche Bewegungen wahrnahm,

ahnte ich, daß dieser Erinnerungsschub mir das Leben gerettet hatte.

Aus versteckten Projektoren rechts und links des Einganges zuckten mit knatterndem Peitschen weißglühende Entladungen, trafen aufeinander, verzweigten sich und hinterließen dort, wo sie einschlugen, kleine brodelnde Krater.

Ich blieb wie erstarrt stehen, sammelte mich mühsam und richtete meine Blicke auf die vier Gestalten, die aus dem Halbdunkel eines Korridors auftauchten.

Es waren Menschen. Junge Frauen. Nonfarmales kranker Verstand schien eine neuerliche Variante ersonnen zu haben. Die Frauen waren auf seltsame Art geschminkt; es erinnerte mich an die Frauen am Hof des Gottkönigs der Rôme im klassischen Ägypten.

Sie bewegten sich herausfordernd, schritten in flachen Schuhen mit hohen Absätzen daher und wirkten wie Vierlinge, über und über mit schweren Schmuckstücken behängt. Jeder Schritt rief ein Klirren und Rasseln hervor, wie damals bei Achill und seinen Myrmidonen. In den Händen trugen sie Tabletts, die aus Gold zu sein schienen.

Auf einem standen ein Krug und ein Pokal, der vielleicht aus einem barbarischen Königshof stammte oder aus einer reichen Abtei. Auf dem zweiten eine Schale voller Gebäck, die dritte Frau hielt eine noch größere Schale, in der milchigweiße Kristalle lagen, auf dem letzten Tablett lagen eine Peitsche, dünne Ketten und Handschuhe, deren Innenseiten und Fingerenden mit nadelartigen Krallen besetzt waren. Ich fühlte, wie sich entlang meiner Wirbelsäule ein scharfer Kälteschmerz entwickelte.

Die vier Frauen – langhaarig, langbeinig und von großer Schönheit, hellhäutig, aber mit dem flackernden Blick von Menschen, die nicht ganz bei sich waren – überschritten die Trennungslinie und blieben stehen. Das Blitzgewitter wiederholte sich nicht mehr, ich schob mich mit angehaltenem Atem an ihnen vorbei und sagte mir, daß sie ihren Herrn stets auf diese Weise erwarteten.

Meine Annäherung war also eine Art Signal gewesen.

Als ich fünfzig Schritte in den Korridor vorgedrungen war, meldete sich der Logiksektor.

Ein Signal, richtig! Selbst wenn es Nonfarmale nicht erreicht, kann es andere Aktivitäten auslösen.

Ich schaute mich um. Entlang der Wände standen wuchtige Säulen. Sie waren zwischen den Basiswürfeln und den Kapitellen mit Reliefs bedeckt. Dämonen vernichteten, quälten und fraßen andere Wesen, auch Menschen der Erde. Bestien, Tiere, Ranken und Pflanzen, deren einziger Zweck zu sein schien, Dornen in Körper zu bohren, Gliedmaßen abzuschnüren und Wurzeln durch Körperteile zu treiben, bildeten den Zierat zwischen den Darstellungen unglaublicher Grausamkeiten.

Hatten Nonfarmales Opfer, von ihm beeinflußt, diese Szenen in mühsamer Arbeit aus dem Stein gemeißelt und mit gebrochenen, morbiden Farben geschmückt? Hatten sie Edelsteine in leere Augenhöhlen eingesetzt? Mich schauderte, wenn ich mir Nonfarmales wahre Natur vorzustellen begann.

Ich drehte mich herum. Regungslos standen die vier Schönheiten da und warteten auf ihren Meister. Ich ging weiter. Der Lärm der Dampffontänen verebbte, je tiefer ich in die Anlage eindrang, aber andere Laute kamen näher, wurden lauter. Eine riesige Trommel – oder mehrere, aber in perfekten Takten – wurde geschlagen. Der Schall schien den gigantischen Felsen zu erschüttern und traf meine Magennerven an einer schmerzenden Stelle.

Weiter! Schneller!

Der Gang, der einem Tempel glich, mündete in eine Halle. Ich schätzte ihre Ausdehnung auf zweihundert mal zweihundert französische Meter. Aus zahlreichen Öffnungen, die sich oberhalb einer umlaufenden Galerie befanden, drang helles Licht ins Innere. Der Boden war eine einzige spiegelnde Fläche, möglicherweise aus einer Glasmasse. Der Eindruck war überaus verwirrend, da sich der Raum auf besondere Weise in die Tiefe des Berges fortzusetzen schien. Der Gesang war übermächtig laut geworden.

Riesige Chöre schienen dumpfe Lieder zu singen, eintönig, aber von einer urweltlichen Kraft. Dazwischen die Schläge der Trommeln, zwischen denen Hörner dröhnten und Flöten grell trillerten. Ich ging sieben flache Stufen abwärts, blickte mein Spiegelbild an und suchte nach den Schallquellen. Nichts. Die Halle war, soweit ich es erkennen konnte, leer.

Aber nach wenigen Atemzügen belebte sie sich.

Ich bekam Respekt vor Nonfarmales Technik oder derjenigen, die er hier vorgefunden hatte. Sie blieb unsichtbar, war aber von außergewöhnlicher Leistungsfähigkeit. Hinter den kantigen Pfeilern schalteten sich Lichtquellen ein. Zugleich strömte aus unzähligen Einlässen kalter, schwerer Rauch in den Raum und verteilte sich ähnlich wie Wasser in verlangsamter Bewegung oder der Nebel in verschiedenen Teilen der Barbarenwelt über dem Boden. Flöten, Trommeln und Chöre steigerten sich zu einem trommelfellerschütternden Crescendo; ich wagte einige Schritte in den Nebel hinein und sah, daß mehrere hundert Wesen aus allen Richtungen strömten.

Sie sahen mich nicht. Sie bemerkten bestenfalls eine Lücke in dem milchigen Dunst. Ich bemühte mich, mir genau zu merken, was ich sah.

Mehr als zwei Drittel der Wesen, die sich ziellos bewegten, aneinander vorbeiliefen, sich zu Gruppen zusammenfanden und wieder trennten, waren Bewohner der Erde. Ich sah alle Hautfarben und Größen. Auffallend viele Frauen waren darunter. Sie schienen, wenigstens jetzt, keine Aufgabe zu haben. Sie sprachen leise miteinander und auch mit den anderen. Die anderen: aufrechtgehende Echsen mit langen, schuppigen Schwänzen, Insektenwesen, die riesige Facettenaugen hatten, in denen sich die vielen Lichtquellen hundertfach spiegelten. Raschelnd und knisternd bewegten sich im trüben Nebel irgendwelche Tiere oder Intelligenzen, die ich nur schemenhaft sah. Sie glichen Kreuzungen zwischen Ratten und Fledermäusen. Ich sah hundert aufgerissene Münder, Eßschlitze, Rachen und die breiten Schnäbel von riesigen Wesen, deren Haut aus bunten, kleinen Daunen bestand. Sie alle sangen, stöhnten und stimmten eine Art Lobeshymne auf Nahith Nonfarmale an.

Der Nebel löste sich langsam auf. Die schauerliche Musik blieb, dröhnte und rumorte aber nicht mehr so laut und bestimmend. Mir kam ein zahnloser Mann aus Kairo in den Sinn, den ich neben der sandverschütteten Sphinx getroffen hatte. Er sagte: „Machdur el-damm!“ – *er ist unreinen Blutes* – und er hatte Bürger General Bonaparte gemeint. Das galt auch für den Saurokrator.

Ich dachte daran, daß bisher in den Jenseitswelten die Zeit in rasender Eile, in bezug auf die Erde, verstrichen war. Vielleicht war mittlerweile der Sieg des Korsen vollkommen und der Durst nach Blut und menschlichem Leid des Seelensaugers gestillt. Ich hatte nicht mehr viel Zeit. Ich sah die Männer an, die er aus allen Teilen des Planeten geholt hatte, die vielen Exoten, die ebenfalls in dieser Gemeinschaft der Absurdität lebten, dann wandte ich mich nach rechts und glitt lautlos in den Raum zwischen den Säulen und der Wand der Halle. Wie erwartet, sah ich hier eine Reihe von Eingängen zu Nebenräumen. Ich holte Luft und rannte entlang einer Wand geradeaus.

Ich blickte in Werkstätten voller unbegreiflicher Geräte, an denen Menschen und Fremdwesen saßen.

Ich sah prunkvolle Räume, die halbleer waren und auf den Herrscher dieses Imperiums warteten. Abermals gab es riesige Gemälde, die fremde Welten und großartige Ansichten zeigten. Ich sah Räume, deren Zweck ich nicht einmal erraten konnte, technische Installationen aus Röhren, Blöcken, Würfeln und Spiralen, sah die kopierte Einrichtung osmanischer oder türkischer Haremszelte, in denen sich kaum bekleidete Frauen gelangweilt räkelten, eine Art Küche, in der Krakenwesen schweigend, lautlos, aber mit verbissenem Fleiß hantierten, prallte mit einer großen, schlanken Frau zusammen, deren feuerrotes Haar in einem Flammenwirbel in die Höhe stand, wich aus, schlug gegen die Wand und brach eine Verzierung aus runden Kristallen ab, die mit silbernen Glockenklängen zu Boden klirrten, hielt schließlich vor der Stirnwand an und drehte mich langsam um.

Die Zeit rast. Bringe dich in Sicherheit, sagte der Logiksektor.

Mir drohte von diesen willenlosen Wesen, deren Zweck nur die Befriedigung Nonfarmales war, keinerlei Gefahr. Ich atmete durch, zwang mich zur Ruhe und ging in gemäßigter Eile entlang der Stirnwand dieses Tempels. Welche seltsamen Riten und Zeremonien leitete Nonfarmale, wenn er nicht auf anderen Welten sich von den Qualen der Planetarier ernährte?

Ich verstand nichts. Ich konnte, was ich sah und erlebte, nicht einordnen; mein Verstand konnte die Karte nicht lesen, die ins Innere dieses Rasenden führte.

Eines war für mich, hier und jetzt, völlig sicher.

Nonfarmale hatte nicht das geringste mit „meinem" Barbarenplaneten zu tun. Er kam aus einem unbegreiflichen Bezirk der Schöpfung, die offensichtlich auch solche Wesen in die Welt des Schreckens gesetzt hatte.

Was ich hier erlebte, kannte ich bereits – in kleinerem Rahmen aus der Adlerklippe und der halbkreisförmigen

Felsmauer über dem Sumpftal. Es war nur größer, monströser und prunkvoller.

Als ich mich nach links wandte, um wieder in die Richtung des Eingangs zu gehen, sah ich, daß sich der Nebel völlig aufgelöst hatte. Die vielen Spielzeuge Nonfarmales hatten sich zum größten Teil zurückgezogen. Der Gesang und die archaische Musik waren nichts mehr als Hintergrund für eine erwartungsvolle Ruhe. Ein Signal, von mir ausgelöst, hatte sie zusammengetrieben – schätzungsweise fünfhundert Unglückliche –, und jetzt verstanden ihre teilgelähmten Hirne, daß das Ereignis nicht eingetreten war. Sie gingen wieder ihrer normalen Beschäftigung nach, woraus immer sie bestehen mochte. Ich gelangte ungehindert quer durch die Mitte des Saales zum Ausgang. Ich schaute die wenigen Menschen an, die zurückgeblieben waren und hilflos herumstanden: Mädchen und Jungen, Frauen und Männer – sie waren von ihm nach bestimmten Kriterien ausgesucht worden.

Jung, kräftig, gutaussehend. Einst war jeder von ihnen eine Persönlichkeit gewesen. Ich war fast sicher, viele von ihnen bereits bei meinem letzten Vorstoß gesehen zu haben.

Was tust du, wenn er zurückkommt? fragte der Extrasinn.

Ich rechnete fest damit, daß er weder mich noch meinen Gleiter sah. Sollte ich hier meine Detonationskörper niederlegen und die Zeitzünder einstellen? Es traf vermutlich nicht ihn, sondern seine Opfer. Eigentlich hatte ich mich bereits entschieden.

„Eines Tages“, sagte ich zu mir, „werde ich dir den Rückweg in dein Reich abschneiden. Dann kämpfen wir auf meinem Planeten, Fremder.“

Die Bedauernswerten besaßen weitaus mehr freien Willen als die ersten Emotiosklaven, die ich in seiner Nähe gesehen hatte. Offensichtlich spielte er mit größerer

Virtuosität mit dem halbfreien Willen seiner Opfer. Ich ahnte, daß es ihm mehr Befriedigung verschaffte.

Und: Wenn er jetzt zurückkam, war er prallvoll gesättigt von den Emotionen der sterbenden Soldaten.

Wahrscheinlich würde er hier eine Orgie zelebrieren. Eine Ein-Mann-Orgie? Ich hastete mit weiten Schritten die flachen Stufen aufwärts und rannte durch den Säulengang.

„Der absolute Irrsinn“, fauchte ich. Die vier Frauen mit ihrer seltsamen Willkommensgabe waren verschwunden. Die Darstellungen gewalttätiger Monstrositäten huschten an mir vorbei, und ich empfand es als Erleichterung, als es vor mir wieder heller wurde.

Vor der Barriere hielt ich an. Ich zog den Desintegrator, veränderte die Bündelung des Strahles und feuerte kurz auf eine der Stellen, aus denen die vernichtende Energie hervorgebrochen war.

„Nein“, stöhnte ich. „Es wären zu viele Opfer.“

Nur der Fels und Teile der metallenen Installation verglühten und vergasten. Die Sperre war nur auf Ankömmlinge von außen programmiert. Trotzdem verstärkte ich die Kapazität des Abwehrschirms, ehe ich durch die unsichtbare Wand rannte und mich nach vorn warf.

Nichts. Die nächsten Schritte führten zum Gleiter.

Ich schwankte zwischen Haß und Verzweiflung, zwischen dem Wunsch, ihn zu töten, und dem Bewußtsein, dadurch eine große Anzahl lebender Wesen in diesen Strudel von Aggression und Gewalt hineinzuziehen. Mit meiner Ausrüstung konnte ich den oberen Teil des Felsens in eine Gluthölle verwandeln, in der niemand und nichts überlebte. Die alten Skrupel waren auch hier gültig: Ein Kristallprinz ist kein Meuchelmörder. Ich tötete nicht, weil ich mich verteidigte. Ich begab mich, wenn ich den

Felsen vernichtete, auf das Niveau Nonfarmales herab. Nicht ich.

Er allein ist dein Gegner. Der Logiksektor bestärkte meine Entscheidung und fegte die letzten Selbstzweifel hinweg.

Ich zog mich an dem Mauerstück des Labyrinths hoch, über dem mein Gleiter schwebte.

Ein harter Schlag traf den Schutzschirm in meinem Rücken. Ich wirbelte herum und sah, daß ein Mückenschwarm sich auf mich stürzte.

Mücken, so groß wie meine Hand.

Es schienen Millionen zu sein. Während ich nach den Sprossen der Metalleiter tastete, drehte ich den Kopf hin und her. Über dem Eingang zu Nonfarmales Reich surrte, sirrte und schwirrte ein riesiger Schwarm von Wesen mit durchscheinenden Flügeln, einem kleinen Körper und einem monströsen, gekrümmten Stachel. Auch die Mükken schienen aus Metall zu sein; ihre Chitinpanzer schimmerten wie poliertes Kupfer und harter Bernstein. Die Geräusche marterten meine Ohren. Sie griffen an; besinnungslos und wütend, bohrten ihre Stacheln in den Schutzschirm und bildeten um mich herum eine kugelförmige Sphäre von Tausenden und aber Tausenden rasenden Wesen, die irdischen Mücken ähnelten.

Ich packte die unterste Sprosse, schwang mich auf die Kante der Mauer und griff nach oben.

Das Sirren und Summen bohrte sich aus allen Richtungen in mein Gehör, machte mich halb verrückt, verhinderte, daß ich klar dachte. Wie konnten es diese Wesen schaffen, mich anzugreifen, obwohl sie mich nicht zu sehen vermochten?

Ich kletterte in die Höhe, riß die Tür des Gleiters auf und registrierte voller Erleichterung, daß der Schutzschirm die kleinen Bestien erfolgreich abhielt. Trotzdem barst mein Schädel beinahe unter dem Ansturm der Geräusche, die von diesen Angreifern erzeugt wurden.

Ich kappte die beiden Anker und ließ die Maschine steigen, noch ehe ich richtig saß. Mit einem gewaltigen Ruck schloß ich den Einstieg und klappte meinen Helm nach hinten.

Um mich herum war eine wimmelnde, bösartig schwirrende Masse. Aus den Enden der Stacheln drangen gelbliche Tropfen und rannen entlang des Energieschirms. Wenn Nonfarmale jetzt auf seinem Saurier einschwebte, sah er mich mit einem Blick.

Schneller! drängte das Extrahirn. Ich ließ den Gleiter um etwa hundert Meter steigen und befreite mich von dem Schwarm. Aber noch ehe ich mich in die Richtung gedreht hatte, die auf die beiden weißen Felsnadeln wies, erfolgte der zweite, nicht weniger rätselhafte Angriff.

Zwischen die Mücken mit ihren sägenden Lauten mischte sich das dumpfe Brummen von dicken, hornbewehrten Käfern. Sie erreichte die Größe eines Kopfes.

„Wahnsinn!" stöhnte ich auf und schob den Fahrthebel nach vorn. Der Gleiter machte einen Satz und stieg schräg in den dampfigen Himmel. Durch den dicken, farbigen Nebel strahlte die Sonne. Ich befand mich im Zentrum einer Ansammlung von dunklen Punkten und glühenden oder brennenden Gases. Die Käfer mit ihren riesigen Zangen verfolgten mich; ich sah die Bewegungen ihrer Flügel nicht, aber das tiefe Summen malträtierte mich nicht weniger als das hysterische Sirren der Mücken.

Der Gleiter raste weiter, beschrieb eine Kurve, nahm an Geschwindigkeit zu, aber die Verfolger waren fast ebenso schnell. Ich fing an, mich zu fürchten, denn dieser zweite Angriff bewies mir, daß die Geschöpfe dieser Welt meine Unsichtbarkeit auf eine Weise durchschauten, die mir unbegreiflich war.

Zwischen die Käfer, die hinter dem Gleiter zurückblieben und sich vom Energieschirm so zögernd lösten, als sei er mit Leim bestrichen, mischten sich größere Wesen.

Hornissen! Bestien, die aussahen, als habe Nonfarmale doppelt kopfgroße Hornissen mit Heuschrecken und kleinen, blitzesprühenden Robotern gekreuzt. Hunderte stürzten sich auf mich, kamen von oben und unten, und die Servosteuerung des Gleiters versagte.

Der Rückweg war programmiert gewesen. Für mich galt, den Energietunnel wieder zu erreichen.

Überraschende Manöver, Arkonide! schrie der Logiksektor.

Die ARK SUMMIA half mir. Ich gewann durch die Filter der kreatürlichen Angst wieder das klare Bewußtsein.

Der Gleiter raste in einer Spirale in den hellen Himmel, beschrieb wirre Kurven und schüttelte die Verfolger ab.

Ich atmete wieder freier und betrachtete die Umgebung.

Nicht alles, aber vieles hatte sich verändert. Der Schlick, durch den die Saurier gepflügt hatten, war verschwunden. Überall war schäumendes, gischtendes Wasser, dunkelgrün, in langen Wellen und breiten Brandungsstreifen. Eine riesige, scheinbar endlose Fläche hatte Sand und Priele bedeckt und rollte aus der Richtung, aus der jetzt auch die Sonnenstrahlen durch die vielfarbigen Nebelfontänen zuckten, in die Richtung auf ein fernes Land, auf einen unbekannten Strand, machtvoll vor.

In den Wellen sah ich springende Saurier oder Fische mit langen Schnauzen, die auf der Suche nach Beute das Wasser durchfurchten.

Noch bevor ich mich entspannen konnte, geriet ich in einen Schwarm anderer Tiere. Für mich sahen sie aus wie kleine Vögel mit unzähligen Schwingen, wie libellenartige Wesen, die in alle Richtungen fliegen konnten. Sie erzeugten Geräusche, die wie zehntausend schnellaufende Sägen klangen und selbst die Glassitabdeckungen der Anzeigeinstrumente zum Klirren brachten.

Was konnte ich tun?

Höher, schneller, noch kühnere Manöver? Ich versuchte alles und glaubte, den Jenseitsweltlibellen entkommen zu sein, als vor mir Wirbel und Klumpen zerbarsten.

Die Schrecken steigerten sich. Aber es war nicht Nonfarmale, der seine vernichtende Kamarilla ausschickte, sondern der fremde Planet bekämpfte auf seine Art einen Eindringling.

Ich war nicht mehr länger unsichtbar. Zumindest nicht für diese Wesen. Sie besaßen allesamt einen Sinn, der das arkonidische Deflektorfeld unwirksam werden ließ. Die Gefahr lag nicht so sehr darin, daß mich diese Tiere sehen konnten, sondern darin, daß Nonfarmale zurückkehrte und erkannte, daß ich der Eindringling war, der unsichtbare Mittelpunkt eines sichtbaren Schwarmes von stupiden Tieren.

Jetzt griffen mich tausend kleine Flugsaurier an. Es waren jene Tiere, die entlang der Abstürze der Felsen gejagt hatten. Sie umgaben mich wie eine schwarze Wolke, griffen an, starben in der Energieflut des Schirmes und trudelten, einen Regen von hornigen Pseudofedern verstreuend, in die Tiefe.

Noch während ich in einer Reihe blitzschneller Manöver ihnen zu entkommen versuchte, kamen aus allen Gegenden dieses schrecklichen Parallelplaneten die größeren Verwandten dieser Echsen. Es schienen die Jungen jener Saurier zu sein, auf denen Nahith ritt.

Die Flugsaurier schnappten nach den Libellen, nach den dicken Schwirrkäfern und hackten aufeinander ein. Aber sie umkreisten den Gleiter, stürzten sich gegen den Schirm und wurden, als sie zuckend und flatternd abstürzten, von ihren Artgenossen in Stücke gerissen. Das Gleitertriebwerk heulte auf und schob das gepanzerte Fahrzeug schräg aufwärts. Die Geschwindigkeit nahm abermals zu, und ich steuerte den Gleiter in einem verwirrenden Zickzackflug auf einen der beiden weißen Felsen zu.

Sieh nach unten! drängte der Logiksektor.

Ich kippte das Gefährt und erkannte, daß sich das Wasser der Schlicklandschaft wieder völlig bemächtigt hatte. Aus der Richtung, aus der ich kam, rollten riesige Wellen heran, brachen sich und überfluteten den Boden. Während ich mich aus dem großen Schwarm löste, die wütenden Saurier hinter mir ließ, stieg unter mir das Wasser in beachtlicher Geschwindigkeit. Brandungswellen brachen sich gischtend am Fuß der Felsen und zerrten an den Gewächsen. Statt der Saurier pflügten nun Fische durch das Wasser und sprangen meterhoch aus den Wellen. Der Gleiter fegte in einer weiten Kurve auf die beiden Felsen zu, und ich fragte mich, ob ich diesmal Nonfarmale begegnen würde. Hoch über mir erschienen schwarze Silhouetten am Himmel. Das Wasser hatte die Öffnungen, aus denen der farbige Dampf austrat, bedeckt. An diesen Stellen brodelte das Meer, als würde es kochen.

Zwischen den Wellen kam nur noch wenig farbiger Rauch zum Vorschein. Die überraschenden Farben des Himmels hatten sich ebenso geändert. Die Schattenrisse der Flugsaurier wurden schärfer und drohender. Hinter mir hatte sich der Schwarm zerstreut, aber die wirklich großen Bestien flogen fast so schnell wie der Gleiter. Ich blickte auf die Bildschirme und suchte den Strukturtunnel.

Diesmal hatte ich nicht Nonfarmale vertrieben, sondern die Flugwesen seines Planeten. Ich konnte es noch immer nicht begreifen. Mindestens fünfzehn Flugechsen bildeten einen Keil und hatten unzweifelhaft mich als Ziel erkannt.

Der automatische Kurspilot hatte mich binnen einer Minute wieder an den Punkt zurückgebracht, an dem ich diese Welt betreten hatte. Zwischen den weißen, meerumtosten Felsen hing, scheinbar wie ein Ring aus Nebelsubstanz, der Strukturtunnel in der Luft. Ich konnte mit dem Gleiter jederzeit den distanzlosen Schritt ausführen und befand mich wieder auf der Erde.

„Nicht ohne ein Andenken an Nonfarmale!“ sagte ich grimmig, bremste das Fluggerät ab und drehte den Bug herum. Ich schaltete die Zieloptik ein und richtete das Hochenergiegeschütz aus. Der erste Saurier flog in die Markierungen ein, schätzungsweise einen Kilometer weit entfernt. Mit dem Daumen betätigte ich den Feuerknopf. Fünfmal dröhnte der fast unsichtbare Strahl aus der Bugverkleidung und traf eine der flügelschlagenden Echsen. Die Riesentiere wurden in der Luft zerfetzt, der Keil brach auf, und vier weitere Schüsse trafen die Angreifer, die jetzt vor der Hitze, dem Lärm und den Detonationsbällen zu flüchten versuchten.

Wie dunkle Felsen schlugen die Körper am Ende der langgezogenen Rauchwolke in die Wellen. Augenblicklich schossen aus allen Richtungen kleine Wassertiere heran. Die Rachen mächtiger Fische blitzten über den Wellen auf. Das Meerwasser färbte sich rot und schwarz, als die Beute zerrissen wurde. Ich hob den Kopf, aber die restlichen Flugsaurier waren nach allen Seiten auseinandergestoben.

Einige Sekunden lang widmete ich mich der Landschaft aus Felsen und Wasser. Am Himmel war zwischen blaugeäderten Wolken eine bernsteingelbe, winzige Sonnenscheibe erschienen und überschüttete diesen Teil des Planeten mit stechendem Glanz. Die seltsamen Farben änderten sich nur geringfügig; die Natur behielt ihren bedrohlichen, fremden Ausdruck. Auch hier nicht ein einziges Zeichen dafür, daß außer Nonfarmale und seinen Opfern intelligentes Leben auf der Jenseitswelt hauste: kein Boot im Wasser, keine Wohnhöhlen, kein Flugapparat zwischen den hochragenden Felsen. Ich zuckte abermals mit den Schultern.

Die Geräte hatten lange genug Zeit gehabt, die Analyse des Strukturrisses durchzuführen.

Ich konnte, wenn ich wollte, wieder hier eindringen und Nonfarmale einen Kampf liefern.

Aber die Risiken und Skrupel würden sich nicht verändern. Ich konnte mich vor ihm und den Bewohnern des Labyrinths verstecken, aber nicht vor den fliegenden Echsen. Ich entschied mich, zurückzufliegen und zu versuchen, ihn in meiner Einflußsphäre zu bekämpfen – wenn ich ihn sah.

„Zurück!"

Ich wandte den Gleiter und drang durch den gewundenen Schlauch in mein eigenes, weniger schreckerfülltes Universum ein.

Es war Nacht, als ich über Strand und Dünen fegte und den Gleiter über dem Wäldchen abfing.

Riancor hatte auf mich gewartet, und er ortete mich augenblicklich.

„Unversehrt zurück?" fragte er. „Wir waren unruhig, Atlan."

„Wie lange war ich fort?" fragte ich und entdeckte auf den Bildschirmen die Gesichter Amoustrellas und des unerschütterlichen Roboters.

„Heute ist der dreißigste Juli. Napoleon hat die Türken bei Abukir vernichtend geschlagen. Ich habe Nonfarmale dreimal gesichtet; seit Tagen ist er verschwunden, obwohl der Rückkehrtunnel noch vorhanden ist."

„Du hast ein gräßliches Gemetzel nicht miterlebt, Liebster", sagte Amoustrella leise. Ich merkte, wie sehr sie sich beherrschte. „Am vierundzwanzigsten war es. Und Nonfarmale kreiste über dem Schlachtfeld."

Ich nickte; das Deflektorfeld und das Schutzfeld waren abgeschaltet, ich atmete wieder die kühle Meeresluft. Ich versuchte, während ich den Gleiter zu Boden senkte und hinter einer Sandverwehung in Deckung ging, auf den kleinen Ortungsschirmen ein Echo zu entdecken.

„Ich sollte warten und Nonfarmale unter gezielten Beschuß nehmen“, sagte ich wütend. Meine Stimme war rauh. „Was ich dort gesehen habe, zeigt, daß er mehr als halbverrückt ist.“

„Komm zurück, zu mir“, bat Amou. Riancor entgegnete:

„Wahrscheinlich gibt er dir keine Gelegenheit, richtig zu zielen.“

„Wenn er diesen Tunnel benutzt, sehe ich ihn“, beharrte ich. „Und dann treffe ich ihn auch.“

„Vielleicht wirst du lange warten müssen“, war Riancors Antwort.

Überlegungen und Gedanken, Empfindungen nach jenen Erlebnissen, lange gehegte Vorstellungen sammelten sich plötzlich wie Strahlen in einer Linse. Ich fühlte, wie eine Dagor-Phase mich packte, mich innerlich vereisen ließ und meine Überlegungen steuerte, während ich schweigend und schnell zu handeln begann. Der Entschluß war plötzlich über mich gekommen; er stand fest, und ich versuchte, mein Zaudern und Zögern weit hinter mich zu bringen.

„Wenn es auch nur die kleinste Chance gibt, Nahith“, flüsterte ich, „dann vernichte ich dich.“

Ich griff nach dem mittelgroßen Psychostrahler, klappte das Fach im Griff auf und legte mir die selbstklebenden Dioden an die Schläfen. Trotz des Aufruhrs, der in mir tobte, vergaß ich dank der Dagor-Schulung nicht, die klaren und logischen Abläufe einzuhalten. Ich dachte an verschanzte Batterien von langläufigen Feldgeschützen, an türkische und französische Soldaten, an einen anderen Teil des Ufers. Ich sah vor meinem inneren Auge zwei Meter lange Feuerstrahlen, die aus den Mündungen der Kanonen zuckten, die Wolken des Pulverdampfes, die heulenden und summenden Vollgeschosse und die geteilten Ladungen. Schließlich stellte ich mir mehrere Stellungen und Verschanzungen vor und wußte, daß alle meine Gedanken im Gerät gespeichert waren. Ich schloß den Projektor an die Energieversorgung des Gleiters an und kippte die schweren Schalter für alle Waffen herunter, die mit starrer oder beweglicher Abschußmöglichkeit eingebaut waren. Dann hob ich die Waffen auf, die ich selbst mit den Händen heben, ausrichten und bedienen konnte.

„Und zwar bringe ich dich noch in dieser verdammten Nacht um“, sagte ich leise. Aus den Lautsprechern hörte ich Riancors und Amoustrellas Stimmen. Ich ignorierte sie, während ich den Gleiter wieder startete und im Schutz der mächtigen Steinbrocken in Deckung ging. Nach einer Weile, in der ich mich einrichtete und die Zeit bestimmte – es war drei Stunden vor Mitternacht –, sagte ich mit flacher, vibrierender Stimme:

„Amoustrella. Tochter des Nordlichts! Ich habe mich entschlossen. Wenn Nonfarmale von seinem blutigen Flug zurückkommt, dann zeige ich ihm, daß diese Welt für ihn tödlich sein kann.“

„Du bringst dich selbst in Gefahr, Liebster.“

„Diese Gefahren werde ich überleben. Er wahrscheinlich nicht.“

Ich wartete. Etwa eineinhalb Dutzend unterschiedlicher Waffen und Vernichtungsmittel richtete sich auf die unverändert schwebende Mündung der Strukturöffnung. Auf den Sitzpolstern lagen die Sprengladungen und Granaten. Ich schaltete einen Teil der Sektorprojektoren des Abwehrschirms ein, verließ den Gleiter und setzte mich, mit dem Rücken an einen Menhir gelehnt, in den Sand.

Wieder einmal wartete ich.

Dein Entschluß ist riskant, vielleicht tödlich, aber er ist richtig, sagte der Extrasinn betont scharf.

Der Mond stieg, verweilte, verschwand wieder hinter

treibenden Nachtwolken. Einst hatten die Römer dieses Stück Ufer *peninsula verbarum dulcarum* genannt, das Kap der einschmeichelnden Worte. Die Trümmer und Riesenbrocken aus Stein stammten vom *turris sapientiae,* dem Turm der Klugheit. Ich dachte über vieles nach und wartete. Warum flog Nonfarmale nach dem Genuß der ungezählten Emanationen geschundener Kreaturen nicht wieder zu seinen Sklaven, die ihm Lobeshymnen sangen? Auch der letzte Rest meiner Müdigkeit war verflogen. Ich drehte den Kopf langsam hin und her und suchte den Himmel ab. Die Sterne flimmerten, die Brandung zischte über den flachen Strand, und die Pinien rochen nach heißem Harz. Ein Windstoß fuhr über mich hin und raschelte mit einigen Millionen Sandkörnern.

Sekunden summierten sich zu Minuten und Stunden. Ich hockte da, lockerte immer wieder den Griff um die Kolben der schweren Waffen und ließ die Zeit verstreichen. Das Mondlicht lag über dem Strand und leuchtete auch den breiten Ring der Strukturöffnung an, die unverändert an der Grenze zwischen Wasser und Land schwebte.

Eine Vision hatte mich heimgesucht: Nonfarmale entdeckte mich, und daraufhin begann der Tunnel für den distanzlosen Schritt zu wandern, entfernte sich, suchte nach seinem Herrn und traf ihn schließlich an einem abgelegenen Gebiet, das ich zu spät erreichte.

Auch bei der Seeschlacht von Abukir war der Seelensauger dabeigewesen. Eine Szene hatte mich erschüttert zurückgelassen:

Louis Casabianca, Kapitän der L'ORIENT, des Flaggschiffs der Franzosen, kämpfte mit allem, was er Nelson entgegenwerfen konnte, bis zum bitteren Ende des Schiffes und der benachbarten schwimmenden Einheiten.

Das Deck brannte. Überall lagen Leichen und Sterbende. Die Segel waren längst als Zunder heruntergerieselt. Casabianca hatte einen Sohn; ich schätzte sein Alter, als ich das herzzerreißende Bild sah, auf etwa dreizehn Jahre. Er wollte seinen Vater nicht verlassen; vielleicht hätte ihn der Sprung ins Wasser gerettet.

Feuer und Rauch verhüllten das Geschehen. Als ich wieder einigermaßen klar sehen konnte, was die Linsen der Sonde auffingen, war das Kind tot. Ein weiterer Tropfen in dem blutvollen Becher, den Nonfarmale schlürfte.

Ein fernes Rauschen und Schwirren übertönte das Geräusch der auslaufenden Wellen.

Ich richtete mich kerzengerade auf.

Nonfarmale?

In meinem Ohr wisperte die Stimme Riancors.

„Ein deutlicher Ortungsimpuls, Atlan. Er nähert sich aus östlicher Richtung."

„Verstanden."

Ich sprang auf die Füße, preßte mich gegen den Stein und legte den Daumen auf den Schalter des Psychostrahlers. Meine Augen suchten den Sternenhimmel nach einer schwarzen, verdeckenden Silhouette ab. Dann sah ich den Saurier und seinen Reiter. Das Tier flog unbeschwert, mit trägen Schwingenschlägen, auf die Mündung der Strukturlücke zu.

Als der mächtige Schatten noch zweihundert Meter davon entfernt war, schaltete ich den Psychostrahler auf volle Leistung und richtete ihn auf den Saurokrator.

Dann sprang ich zurück zum Gleiter, setzte mich vor die phosphoreszierend leuchtenden Anzeigen und wartete einige Atemzüge lang, bis sich Nonfarmale im Zielkreuz befand.

Dann drückte ich abwechselnd alle Feuerknöpfe. Ich sprang aus dem Gleiter, zielte mit den Hochenergiewaffen auf das Tier und den Mann und schoß. Die erste leergeschossene Waffe ließ ich fallen, packte die Detonationskörper und schleuderte sie mit aller Kraft in die Richtung des Bestiengespanns. Flammen, Rauch, grelle Lichtblitze, Feuerkugeln und Glutbälle tauchten den Strand in grelle, zuckende Helligkeit; die Detonationswellen schüttelten die Bäume. Ich hob die andere Waffe, veränderte die Justierung des Psychostrahlers, feuerte und betätigte im Gleiter wieder die Raketenwerfer, die Detonatoren und Desintegratoren, und der Donner zahlloser Explosionen rollte über den Strand dahin und malträtierte meine Trommelfelle.

Vor mir erschien eine strahlende, leuchtende Kugel. Sie schwebte von rechts nach links. Die Kugel selbst, die Außengrenze des Schutzschirms, wurde eingebeult, schwankte, wich aus, wurde abgetrieben und blähte sich wieder, selbst als einige Strahlen und Projektile durch die Energiehülle schlugen und in ihrem Innern detonierten. Überall waren Feuer, Hitze und rauchige Reste. Der Saurier wurde deutlicher sichtbar, seine metallen-gläsernen Flanken schimmerten und glänzten, und er flog plötzlich dreimal so schnell.

Nonfarmale duckte sich im Sattel.

Er trug auf dem Rücken die riesige Armbrust, aber auch er schien über einen Körperschutzschirm zu verfügen. Das Innere der Kugel war von tosender Hitze erfüllt.

Ich hoffte, daß Nonfarmale sah, was ich programmiert hatte.

Die Waffen des Gleiters spuckten und feuerten. Ich schleuderte meine Granaten und hoffte, ich könnte dadurch Nonfarmale den Weg abschneiden oder die Strukturlücke zerstören. Aber der schmorende Saurier schlug wie ein Rasender mit seinen Schwingen, der Mann im Sattel schien alles zu überleben, obwohl auch sein Schirm immer wieder kurzfristig zusammenbrach und dadurch zuließ, daß die Energie den Körper erreichte.

Mit einem arkonidischen Fluch schleuderte ich meine letzte Bombe direkt in den fahlweißen Schlund hinein.

Einige halbautomatische Strahler des Gleiters feuerten weiter, als Nonfarmale, in Flammen, hellrote Glut und einen träge nachschleppenden Rauchschweif gehüllt, unter dem Donnern eingebildeter Kanonen und Musketen den Tunnel erreichte. Ich glaubte, durch die Geräuschorkane das Tier und den Mann schreien zu hören – jedenfalls rannen breite Feuerbäche an den Flanken des Sauriers entlang. Der Sattel Nonfarmales brannte. Er selbst lag zuckend auf den Hals des Reittiers und führte, während seine Kleidung loderte, hastige, unkontrollierte Bewegungen aus.

Dann verschwanden Saurier und Reiter hinter der Mündung des Schlundes. Die grausilberne Röhre löste sich auf, ein letzter Feuerschein flackerte aus dem Nichts heraus. Ich ließ die Schultern sinken und blickte, den Nachhall des wilden Bombardements in den Ohren, wieder in die Sterne.

„Ich habe keinen Impuls mehr auf den Schirmen“, teilte mir Riancor mit.

Ich schaltete den Psychostrahler ab. Die letzten vagen Bilder von feuernden Feldgeschützen lösten sich auch in meiner Erinnerung auf. Sollte ich Nonfarmale verfolgen?

Amoustrellas Bitte gab den Ausschlag. Als ich mich in den Sitz fallen ließ, sagte sie leise:

„Du hast den Drachenreiter besiegt, Liebster. Komm zurück. Wir wollten den Sieger über Napoleons Flotte kennenlernen. Ich warte auf dich.“

„Ich fliege zum Turm zurück“, sagte ich müde. „Vielleicht haben wir wirklich Ruhe vor dem Seelenfresser.“

Ich bezweifelte es. Sein Überlebenspotential war vermutlich höher als mein eigenes. Ich steuerte den Gleiter in die Höhe, wählte das Ziel und schaltete den Autopiloten ein. Er brachte mich, während ich ein paar Stunden schlief und die Geschwindigkeit nicht allzusehr ansteigen ließ, sicher zum Turm. Dort benutzte ich den Transmitter und versuchte, in einer völlig anderen Umgebung meine klaren Überlegungen wiederzuerlangen.

Auf dem Achterdeck des Linienschiffs, der ACHILL, war trotz der Flucht die Stimmung nicht schlecht. Die Franzosen marschierten auf Neapel zu, und Horatio Nelson brachte den König auf einem englischen Schiff in Sicherheit. Amoustrella und ich waren, seit ich mit Horatio zwei Nächte lang diskutiert und hervorragenden Wein getrunken hatte, seine Lieblingsgäste.

„Drei Decks, Scheich Atlan", sagte Nelson voller Stolz. „Einhundertsechs Geschütze."

„Ich habe sie gezählt", antwortete ich, „als ich Euren Stückmeistern gewisse Finessen beibringen durfte."

Das Linienschiff ihrer Britannischen Majestät war voll aufgetakelt. In Kiellinie segelten andere Schiffe; der Seeweg nach Sizilien bedeutete für niemanden eine lange Reise.

„Aufkreuzen nach Luv!" schrie jemand vor uns. Unzählige Seeleute rannten an die Fallen und Spills; ich hatte nicht vor, mir die abenteuerlichen Aufzeichnungen und Begriffe zu merken. Ein Steward brachte kühlen Wein.

„Die ACHILL", bemerkte der frischernannte Baron von Nil und Burnham Thorpe ein wenig säuerlich, „ist lahm und schwach, verglichen mit der VICTORY. Vor zwanzig Jahren ist die VICTORY auf See erprobt worden. Ein Rumpf in drei Schichten, aus englischer und baltischer Eiche, aus zweieinhalbtausend Stämmen."

„Man könnte lange einen Kamin damit heizen", sagte Amou. „Und wenn die Franzosen richtig treffen, schwimmt viel Holz auf den Wellen."

„Wenn jemand trifft", erwiderte Nelson nach einer

galanten Verbeugung, „dann bin ich es. Und zwar Ihren blauäugigen Freund Bonaparte, Mylady."

Der Konteradmiral war hoffnungslos in die Frau Hamiltons verliebt. Der Ehemann verhielt sich indifferent, und wir enthielten uns der Kommentare. Amoustrellas Kleidung war züchtig und hochgeschlossen, um die hungrigen Blicke der englischen Seeleute nicht herauszufordern. In einem Hafen Siziliens warteten Riancor und Boog mit einer Kutsche auf uns.

„Die Geschichte der Seegefechte, der Überfälle, der versuchten Landungen und der Seeschlachten zwischen Frankreich und England ist lang", sagte ich und faßte einen Teil der geschichtlichen Entwicklung zusammen, die Nelson mit mir diskutierte. „Und verlustreich. Stets nur für die Franzosen. Napoleon ist gezwungen, gegen die Royal Fleet zu kämpfen. Und er segelt mit widrigen Winden."

„England duldet keinen Herrn des Festlands", sagte Horatio. „Du weißt es, Atlan. Unser Staat hat sich auf den Weg vom Bauernland zum Industrieland begeben. Wir brauchen freie Wege für jeden Rohstoff."

„Und deswegen, weil keiner von beiden siegen kann, wird der Krieg auf See und an Land nicht enden", sagte Amou. „Ein Handwerk, das seine besten Männer umbringt."

Sie berührte den zusammengefalteten Uniformärmel, der anstelle Nelsons Arm von der Schulter hing. Für einen Augenblick wurde Horatios Ausdruck weich und zeigte, daß er ebenso verletzlich war wie jeder dieser Barbaren, die sich seit Jahrtausenden gegenseitig umbrachten, statt ihren Planeten mit Vernunft zu erschließen und sich den Sternen zuzuwenden. Ich zuckte ratlos mit den Schultern und dachte wieder an die Arkon-Flotte.

„Wir haben auf Sizilien noch etwas Zeit, Freund Atlan?" fragte Horatio eine Seemeile später. Ich nickte.

„Dafür, daß wir beide grundlegende Gedanken über die fragwürdige Möglichkeit entwickelt haben, diese Welt mit einer guten Idee zu überziehen, müssen wir weiter miteinander reden. Am besten bei einem der Weine dieser Insel, den schon Hannibals balliarischen Schleuderer überaus schätzten."

„Nicht mit demselben Jahrgang", scherzte er.

Die Überzeugungen, die wir beide hatten, zielten in ein und dieselbe Richtung: Was würden die Menschen dieses Planeten schaffen können, wenn jeder über jeden mehr wüßte und wenn alle einen Teil ihres Lebens unter eine einzige Leitidee stellten.

Horatio und ich waren recht sicher, daß die englische Sprache ein Mittel dieser neuen Einigkeit sein würde. Ebenso sicher waren wir allerdings, daß vielleicht ein halbes Jahrtausend nicht genügen würde, bis dieser ersehnte Zeitpunkt eintrat.

Hier an Deck des Linienschiffs und in einer Schenke auf Sizilien; allerdings warteten wir an den denkbar wenig geeigneten Punkten darauf.

Bonaparte scheiterte in Ägypten. Er vergaß seinen Zug auf den Spuren des Großen Alexander. Ich testete die LARSAF und erreichte auf einem weitaus längeren Raumflug den Mars, umkreiste ihn und kehrte mit Amoustrella wieder zum Hangar und ins Samuraidorf zurück. Horatio Nelson blieb im Mittelmeer und widmete sich den Schiffen und der schönen Lady Hamilton. Ich besuchte Carundel Mill, verpachtete die Mühle an einen Nachkommen des alten Kornmüllers, besuchte Beauvallon und kam gerade noch in der letzten Stunde von Cephyrines langem Leben; sie erkannte mich nicht mehr. Ich schloß ihre Augen und half, ihr Grab auszuheben. Den französischen Heeresteilen entglitt ein italienischer Besitz nach dem anderen. Bei Zürich schlug sich ihr General Masséna mit den Russen und konnte sie aufhalten. Im Mittelmeer beherrschten die englischen Schiffe die Häfen und die Wellen. Weder Riancor noch ich konnten auch nur die geringsten Anzeichen dafür erkennen, daß England – oder Horatio Nelson – oder Frankreich – verkörpert durch den Korsen, an der verworrenen Lage etwas zum Positiven ändern konnten. Im Gegenteil: Das Chaos vieler Schlachten und Kämpfe nahm zu, ohne daß sich Nahith Nonfarmale zeigte.

7.

„England expects every man to do his duty!"
Geschwaderadmiral Viscount H. Nelson

Nach einem Schlaf von fünf Jahren wurden Amoustrella und ich geweckt. Den Zeitpunkt hatte ich bestimmt. Riancor erklärte mir, daß Admiral Nelson die VICTORY übernommen hatte; drei Jahre und 70 933 Pfund hatte die Überholung der schwimmenden Festung gekostet.

Nichts hat sich wirklich geändert, flüsterte der Logiksektor.

Während in kleinen Schritten Verstand und Körper wieder zum Leben erwachten, sahen wir Bilder, die sich ständig wiederholten: Streben nach Macht, Angriff und Verteidigung, Vorstoß und Rückzug, und die gesamte Oberfläche der Welt war das Schachbrett dieses Spiels der Staaten und Heere.

Hatte ich Nonfarmale wirklich getötet? Er war in der gesamten Zeit nicht aufgetaucht.

Bonaparte war jetzt Napoleon I., Kaiser der Franzosen. Er war dadurch nicht um einen Zentimeter gewachsen, aber sein Magenleiden bereitete ihm ständige Schmerzen. Englands Flotte fing fast alle französischen Schiffe ab und behinderte unerträglich den Handel und jeden Nachschub. Amou und ich verlebten zwei herrliche Wochen auf Yodoyas Inselchen und entdeckten voller Staunen und Begeisterung, daß wir uns liebten; noch immer und in überraschender Intensität.

Am neunzehnten Oktober alarmierte uns Riancor. Nelson segelte mit der VICTORY und ihren hundertsechs Geschützen, darunter zwei gewaltige 68pfünder, und den sechsundzwanzig Linienschiffen der Blockadeflotte auf Cádiz zu.

„Und zweiunddreißig Schiffe der Franzosen“, sagte Riancor. Er interpretierte die Bilder. „Es droht eine gewaltige Seeschlacht. Wenn Nonfarmale, wie von uns vermutet, sich nicht an dieser Stelle, über der Flotte, zeigt . . .“

„Dann ist er wirklich tot“, murmelte ich.

In der Hitze des Nachmittags, im pechschwarzen Schatten eines Felsens und in Amoustrellas Armen, überfiel mich, traumhaft und doch von plastischer Wirklichkeit, eine meiner schlimmen Erinnerungen.

Noch war ich bei vollem Bewußtsein, denn ich konnte jenen Fürsten des Grauens mit Nonfarmale vergleichen oder gleichsetzen. Dann gewann die Erinnerung ihre Eigenständigkeit, und ich saß, in einem riesigen, schwarzen Gewölbe, im hochlehnigen Stuhl vor dem mächtigen Tisch. Sieben geweihte Kerzen brannten in einem Leuchter. Nur unsere Gesichter und die Hände auf der Tischplatte waren beleuchtet, und im Gewölbe hallte jedes Flüstern nach, als wären es fallende Wassertropfen, die aus den Fugen sickerten.

„Bruder Tomàs“, sagte ich. „Ihr seid der Beichtvater von Isabella und Ferdinand. Isabella verströmt einen Körpergeruch wie ein brünstiger Maulesel, und Ferdinand ist auf schäbige Weise bigott.“

Seine Hand kroch wie eine weiße Spinne über die Tischplatte. Ich hob die Finger und sagte:

„Wenn du mich anrührst, Bruder Großinquisitor, brennst du!“

„Du mußt der Satan sein!“ flüsterte er. Der Rauch aus den Kerzen strömte an dem dicht anliegenden Körperschutzfeld entlang. Ich trug schwarze Kleidung und einen Halbharnisch. Mein Haar war im Nacken mit einer goldenen Spange gebündelt. Große Augen in einem ausgezehrten Gesicht schienen mich flackernd anzustarren.

„Ich bin weder Jude noch Christ, weder Maure noch Ketzer. Ich bin ein Mensch, du Henker des Herrn. Du verfolgst die Juden? Wir wissen, daß das Blut der Judassöhne auch in deinen Adern pulsiert. Und diese Juden, von Espina als Knabenschänder und Verräter, Kindermörder, Gotteslästerer, Wucherer, meuchelnde Ärzte, Giftmischer und Schlimmeres bezeichnet, verfolgst du mit der geballten Kraft der Kirche. Du bist ein Schlächter, Tomàs de Torquemada. Dominikaner! Der Orden des Herrn! Hättest du ein Gewissen, würdest du dich selbst ans Kreuz schlagen!“

Die Wachen in den Kellern der Inquisition waren betäubt und träumten von Schenken und Dirnen. Wir waren allein. Jedes Wort traf den Inquisitor wie ein Peitschenschlag.

„Was willst du, Fremder?“

„Ich habe auch einen Namen, Tomàs. Ich bin Atlan, *homo ambulans*. Seit vierzehn Jahren treibst du dein Unwesen. Dein Tod wird sein wie jener von Girolamo Savonarola in Firenze. Ihn wird man, denke ich, verbrennen. Du verbrennst innerlich – im selben Jahr. Dies weiß ich.“

„Willst du mich töten?“ fragte er nach einer Weile. Ich schüttelte den Kopf.

„Wenn ich dich am Leben lasse", ich spielte mit meinem Stacheldolch, und er erkannte, daß die Spitzen mit verschiedenen Giften überzogen waren, „wird die Nachwelt erkennen, welche Monstren du und deine verbrennende und plündernde Truppe von Geisteskranken wart. Schon jetzt habt ihr mehr Kultur und Zivilisation vernichtet, als Spanien jemals aus eigener Kraft wird aufbauen können. Das Land wird noch in vier Jahrhunderten die Folgen spüren und sich eurer erinnern. Lasse dich verbrennen, Bruder des Hasses, denn sonst wird man deine Gebeine aus dem Grab zerren und in Mörsern zermahlen."

Er hörte und verstand jedes Wort. Seine Blicke irrten umher, aber es kam keine Hilfe. Seine Rufe waren ungehört verhallt. Nur das Stöhnen von Eingekerkerten drang durch die dicken Bohlentüren.

„Ich tue kein Unrecht", sagte er. „Ich erfülle das Gesetz."

„Welches?"

„Es gibt Gesetze . . ."

„Mir ist nicht bekannt, daß Moses etwas zu den Zehn Geboten hinzugefügt hätte. Jesus Christus selbst hat nicht geboten, Juden zu schänden, denn er selbst war Jude, wie jedermann weiß. Wenn es ein Papst nötig hat, die Gedanken der Menschen, durch Bücher verbreitet, zu zensieren, so spricht dies für Krankheit des Geistes. Ihr seid schlimmer als Wegelagerer in der Mancha. Ihr seid krank, im Geist wie im Körper. Ihr empfindet Vergnügen, wenn ihr andere Menschen quält. Ihr gehört, allesamt, ausgerottet – aber so mutig ist niemand. Soll ich dich von der Bürde deines wenig gottesfürchtigen Lebens erlösen? Du brauchst mich nur zu bitten."

Er schüttelte den Kopf.

„Ich kenne dich nicht. Deine Worte sind die des Versuchers. Apage, satanas!"

„Was gewänne ich, wenn ich ausgerechnet dich versuchen sollte? Erkenne dich und deine Taten selbst, und sieh ein, daß die Allerkatholischen Majestäten ebenso wie der Papst und jeder, der diese kugelrunde Welt mit seinem irregeleiteten, krankhaften Glauben beleidigt, nichts anderes ist als ein Mensch. Denn eure Macht, Bruder Tomàs, stützt sich auf Waffen. Würdet ihr Menschen überzeugen müssen, erschlüge man euch wie tolle Hunde. Glaube mir – ich wünschte, du könntest in die Zukunft schauen."

Ich streckte meine Hand aus. Über den dünnen schwarzen Handschuhen funkelten große Ringe. Päpstliche, jüdische, kirchliche, solche der spanischen Kroninsignien. Nachbildungen natürlich. Sein Kiefer sank herunter, vor meinen Fingerspitzen wich er zurück, als tröffen sie vor Gift.

„Was würde ich sehen?" ächzte er.

„Millionen Menschen, die ihre Fäuste ballen. Deine Ohren, Schinder Tomàs, würden gellen, weil dich und die Deinen Hunderttausende verfluchen."

Riancor hatte zwei wohlgefüllte Truhen aus der Schatzkammer entnommen. Jetzt befreite er die wichtigsten Gefangenen, denen das Autodafé drohte, aus den Kerkern und gab ihnen starken Wein zu trinken. Sie schliefen ein und merkten nicht, wie er sie einzeln durch den Transmitter trug und nahe einer Quelle im Norden Afrikas absetzte, wo auch das konfiszierte Gold war.

„Wir tun das Rechte, Atlan", ächzte Torquemada. „Wir sorgen für den reinen Glauben."

„Gott liebt dich nicht, Großinquisitor", sagte ich eindringlich und stand auf. „Er läßt dich am Leben und weiter wirken, damit die Menschen sehen, daß er das Böse braucht, um jedermann zu zeigen, was wahre Güte und Großmut sind. In Spanien senkt sich die Waagschale des

Widersachers, und wenn sie sich wieder hebt, werdet ihr alle nicht mehr sein."

Im Kerzenlicht warfen die großen Edelsteine und das Gold der Ringe über sein Gesicht ein funkelndes Lichtgewitter. Er kniff die Lider zusammen und atmete keuchend. Wenn ich ihn und seinesgleichen tötete, würde es nichts an den Zuständen ändern. Aber ich brauchte den Eindruck, um diese Barbaren noch besser verstehen zu können.

„Alles Leben ist endlich", sagte er heiser.

„Du bist ein Werkzeug des Antichrist. Aber keiner von euch merkt es. Unter dem Zeichen des Kreuzes verstoßt ihr gegen neun Gebote, und einige Lüsterne gegen alle Zehn Gebote. Geh in dich, Tomás, erkenne dein erbärmliches Selbst und tue Buße."

Ich ging einige Schritte auf die weit offene Tür mit den rostigen Beschlägen zu, drehte mich um und schloß:

„Frage nach dem verschwundenen Gold und zähle deine Gefangenen, kleiner Mönch. Du wirst sehen, daß mich der Engel der Barmherzigkeit geschickt hat, um unschuldige Leben zu retten. Denn du und deine Folterknechte . . ."

Die Worte hallten unter den Quadern und Bögen wider.

„. . . ihr seid von Gott verflucht und verstoßen."

Die Waffe in meiner Hand war unsichtbar. Sie spie einen gleißenden Strahl aus, der tiefe Kerben in die Mauern grub. Ich schnitt ein riesiges Kreuz in die Wand und darüber *vae victis ecclesiam,* was, wenn ich nicht irrte, „Wehe den Opfern der Kirche" hieß.

Aber als ich zusammen mit Riancor/Rico durch den Transmitter ging und das Gerät hinter uns verglühte, wußte ich mit der Gewißheit des Skeptikers, daß dieser Appell nichts fruchten würde.

Eine kühle Hand legte sich auf meine Stirn. Finger streichelten mein Gesicht. Ich blinzelte und erkannte Amoustrellas schmales Gesicht. Als ich ihre grauen Augen mit dem Goldflitter sah, atmete ich tief durch.

„Eine Erinnerung, unangenehm wie kaum eine andere“, murmelte ich, richtete mich auf und griff nach ihren Händen. „Schwimmen wir ein bißchen, Geliebte. Ich bin wieder bei mir.“

„Und bei mir.“ Sie küßte mich und rannte mit mir über den heißen Sand, in die Brandung hinein. Am späten Vormittag des 20. Oktober weckte uns Riancor: Im Morgengrauen stießen beide Flotten bei Kap Trafalgar vor der Meerenge zwischen Ceuta und Gibraltar aufeinander.

Amou kam herein, als ich die Bilder der Sonden zu deuten versuchte. Sie zeigte auf die VICTORY und sagte beeindruckt:

„Welch ein Koloß!“

Zwölf 42pfünder auf dem Oberdeck, weitere dreißig dieses Kalibers auf dem Hauptbatteriedeck. Ich erkannte Horatio Nelson, der Anweisungen gab, die wiederum in Flaggensignale umgesetzt wurden. Die Engländer standen in Luv der Franzosen, die von Villeneuve befehligt wurden, dem Überlebenden von Abukir. Achthundertfünfzig Seeleute, Soldaten und Kanoniere befanden sich auf Horatios Flaggschaff, dazu fünfunddreißig Tonnen Schießpulver und hundertzwanzig Tonnen Geschosse. Den zweiten Verband der Engländer führte die ROYAL SOVEREIGN mit Konteradmiral Collingwood. Villeneuves Schiffe versuchten, auf Gegenkurs zu gehen und nach Cádiz einzulaufen.

„Die Seeschlacht kann nicht mehr vermieden werden.“ Ich wußte, daß Nelson unbarmherzig angreifen würde. Die VICTORY steuerte auf Villeneuves BUCENTAURE zu.

„Am Tag der Heiligen Ursula“, sagte ich, „am Tag, an

dem in Rom die Verschwörung des Catalina stattfand, werden wir wohl Zeugen einer historischen Schlacht. Ich denke, daß Nelson, siegt er, den Engländern für sehr lange Zeit die Seeherrschaft sichert."

„Was für die Leute in Beauvallon wenig, für den Müller von Carundel und für unsere beiden Inseln nichts bedeutet."

Amoustrella setzte sich hinter mich, legte ihre Hände über meine Schultern und lehnte das Kinn auf die rechte Schulter. Wir sahen schweigend den Fortgang der Kämpfe.

Später sagte ich:

„Wäre ich dort, würde ich Nelson helfen."

„Er hilft sich selbst."

Seine vielen Männer kämpften wie die Rasenden. Gegen Mittag brach Collingswoods Flottenteil – fünfzehn Schiffe zählten wir – dicht hinter der Mitte der schlecht geordneten Schlachtlinie der französisch-spanischen Flotte durch. Knapp eine Stunde später feuerten Nelsons Kanoniere eine Breitseite aus Kettenkugeln ab. Die Kugeln brachen in Längsrichtung durch das Batteriedeck der BUCENTAURE, deren Besanmast-Marsstengen fehlten und die nur durch das Notruder gesteuert wurde. Das Schiff erlitt schwerste Zerstörungen, die VICTORY änderte den Kurs und enterte die REDOUTABLE. Jean Lucas, deren Kapitän, kämpfte heldenhaft.

Aus dem Besanmast dieses Schiffes feuerte ein Soldat auf Nelson und traf ihn in die Schulter. Man brachte Horatio unter Deck, aber von der REDOUTABLE ließ Kapitän Lucas eine Enterbrücke herunter.

Ein anderes britisches Schiff rammte längsseits die REDOUTABLE, die nun zwischen zwei Gegnern lag. Ein wüster Kampf mit allem, was als Waffe diente, brach aus.

Eine seltsame Geste: Auf der REDOUTABLE brach ein Feuer aus, das nicht mehr leicht zu löschen war. Von der

VICTORY enterte eine Löschmannschaft über und verrichtete ihre Arbeit in einer Zone der Ruhe; ein seltsamer Stillstand der Waffen. Aber als der Großmast der REDOUTABLE brach, benutzten ihn die Briten als Enterbrücke und kämpften an Deck des Schiffes, während abermals ein französisches Schiff sich an die drei anlegte, wohl, um Lucas' Männer und Schiff zu retten. Ineinander verkeilt trieben zwei Franzosen und zwei Engländer, feuernd und eine einzige Decksplattform aus Kämpfen, Toten und Verwundeten, aus der Schlachtordnung hinaus.

Die Geschosse aus 42pfündern beschrieben Flugbahnen von fast eineinhalb Kilometern Weite und durchschlugen mühelos die Eichenplanken, die einen halben Meter dick waren.

Ein französisches Schiff nach dem anderen kapitulierte. Ich zählte fünfzehn; auch Spanier waren darunter, aber die gewaltigen Wolken der Pulvergase und die Positionen, die sich ständig veränderten, machten eine Zählung schwierig.

Vier Stunden und etwas länger dauerten die Kämpfe.

Die VICTORY, ein Jahr älter als Admiral Nelson, zeigte schwere Schäden. Der Besanmast lag in einem Haufen Trümmern auf Deck; abgeschossen. Sowohl der Großmast als auch der Fockmast waren von Kugeln durchlöchert und wurden nur noch durch das stehende Gut gehalten. Auch der Bug ließ gewaltige Schäden erkennen; mehr als fünfzig Tote waren von Riancor gezählt worden.

Um dreißig Minuten nach vier Uhr, am Nachmittag, als schon die Wolken eines Sturmes aufzogen, war die Schlacht gewonnen.

Riancor fing Mitteilungen auf, die ich nicht verstanden hatte. Er unterrichtete uns.

„Euer Freund Horatio ist tot. Die Kugel zertrümmerte seine Wirbelsäule."

Einige Zeit später hauchte Amoustrella in mein Ohr: „Arme Lady Hamilton. Arme Tochter Horatia."

Als wir sahen, daß ein Teil der spanisch-französischen Flotte nach Cádiz flüchtete, daß ein schwerer Sturm die Schiffe packte und auseinanderwirbelte, verloren wir auch den Blick für die letzten Einzelheiten. Weil ich Nelsons Meinung und Absicht kannte, hoffte ich, daß die Nachricht vom Sieg ihn noch vor seinem Tod erreicht hatte.

Ich schaltete den Bildschirm aus, stand auf und sagte düster:

„Nelson tot. Eine Hoffnung für diese Welt weniger. Bleibt Napoleon." Ich formierte eine Frage, die niemand beantworten konnte. „Bleibt Napoleon, der Kaiser, wirklich die einzige Hoffnung auf eine Art Einigung?"

„Dafür konnte ich keine Wahrscheinlichkeit errechnen", antwortete Riancor.

Am 1. Frimaire oder 21. November zogen Amir Darcy Boog, Amoustrella und ich wieder in Le Sagittaire ein. Eine Galise, ein Schneesturm, wütete eine halbe Stunde lang und löste den Ayalas, den feuchtwarmen Sturm aus Südost ab. Joelle wohnte in der Schule und nahm ihren Bruder zu sich. Guilelmon und Madeleine-Agnés, die nun schon im zwölften Jahr Beauvallon verwalteten, wohnten gern für einige Zeit in Cephyrines dickwandigem Häuschen. Im Schlößchen war wenig verändert worden. Alle verborgenen Einrichtungen arbeiteten mit unerwarteter Zuverlässigkeit.

Amou breitete beide Arme aus und stellte sich in den Sturm auf der Terrasse. Asche wirbelte aus dem Kamin durch den Raum.

„Herrlich! Wieder in Frankreich. In einem Teil, der den Krieg nicht spürt."

Ich deutete auf brennende Kerzen, Wein in gläsernen

Pokalen und das Essen, das Agnés und Joelle aufgetischt hatten. Sie kamen den Weg herauf und winkten uns.

„Wir verbringen den Winter hier. Wir reiten, trinken jungen Wein, und ich erzähle dir alte Geschichten."

„Und du besuchst vielleicht Napoleon?"

Ich zuckte mit den Schultern und legte den Finger auf die Lippen. Unten schlug der Wind die Tür zu. Boog begrüßte die Gäste mit einem launigen Spruch, denn wir hörten das Gelächter. Langsam schloß ich die hohen Fenstertüren.

„Ich denke darüber nach, oft. Vielleicht ist er den Wissenschaften noch immer zugeneigt, auch wenn er Kaiser ist und alle fremden Heere besiegt. Ob es mein letzter Versuch bleibt, wird sich zeigen."

„Später."

Wir begrüßten die Verwalter mit langen, herzlichen Umarmungen. Guilelmon, mittlerweile fünfzig Jahre alt geworden, trug sein graues Haar ein wenig zu würdevoll, aber die Würde verlor sich nach dem dritten Glas. In der großen weißen Schürze bediente Amir Darcy mit der Perfektion, die er von Riancor programmiert erhalten hatte. Das Kaminfeuer verströmte Wärme, die auf Agnés' Gesicht eine aufgeregte Röte zauberte. Obwohl ihre Hüften und Schultern eine bäuerliche Rundung hatten, war sie noch immer eine schöne, reife Frau. Sie lachte mindestens so gern wie Amou, die eine Herzlichkeit verströmte, die sie sonst nur für mich aufgehoben hatte.

„Alles steht zum besten, mon ami", sagte Anguerrond. „Natürlich gehen junge Leute weg und sterben im Heer Napoleons. Aber es gibt keine Not, und wir haben, was wir brauchen."

Die gemauerten Zisternen und die Pflastersteine der langgezogenen Dorfstraße kannte ich schon. Ich hob den Pokal.

„Habt ihr auch die Pferde bewegt? Morgen wollen wir ein wenig ausreiten und uns alles ansehen."

Guilelmon zeigte auf René-Laurent, seinen breitschultrigen und gutaussehenden Sohn, der eine Gitarre mitgebracht hatte.

„Er und meine Joelle reiten wie die Teufel. Die Pferde sind vielleicht etwas wild, aber . . ."

„Ich werde sie zügeln", meinte ich.

Boog kam wieder herein und trug einen knapp unterarmgroßen Kasten aus tiefrotem, herrlich gemasertem Holz mit funkelnden Messingbeschlägen. Er stellte ihn auf den kühlsten Teil des Granitbalkens, der als Kaminsturz diente, und sagte:

„Atlans Milchbruder Riancor hat als einziger daran gedacht, daß wir für die Freunde in Le Sagittaire ein kleines Geschenk mitbringen sollten. Alors! Mit den besten Empfehlungen eines begabten Handwerkers."

Mit spitzen Fingern öffnete er beide Riegel. Er klappte das Vorderteil auf und gleichzeitig beide Seitenteile um fünfundvierzig Grad nach hinten. Der Kasten enthielt das dritte (?) Exemplar der Planetenuhr, von den beiden Robotern in unseren Werkstätten dem allerersten Exemplar nachgebaut, nachempfunden, etwas verändert, aber nicht minder wertvoll und schön. Die Anguerronds stürzten darauf zu, Joelle warf ihr Weinglas um, und das nicht mehr ganz weiße Tichtusch färbte sich blutigrot.

„Ein Weihnachtsgeschenk, etwas verfrüht", brummte ich verlegen. „Ich hab's vergessen: Riancor wird uns besuchen und den jungen Wein erschnuppern."

„Vergessen? Du?" flüsterte Amou lachend. Ich lachte mit.

Irgendwann, nach Mitternacht schon, hob Guilelmon die Hand, lehnte sich halb über den Tisch und fragte erstaunt:

„Habe ich recht verstanden? Bouiller à baisse? Auf kleiner Flamme köcheln?“

„Ich sprach von einer Fischsuppe“, sagte Amou, die ihnen erzählt hatte, wie ich sie in der Carmargue vor vielen Schurken gerettet hatte. „Ein Gericht, das dort viel gegessen wird. Eine Köstlichkeit, aber die armen Fischer verfluchen die Brühe.“

„Ich koche gern“, sagte Guilelmon. „Das Rezept. Vielleicht bringen wir die Suppe auch mit den Fischen unseres Flüßchens zuwege.“

„Mag sein. Bei uns sind's Rascassen, Grondins, Congre und andere Fische in den Klippen, und dann brauchen wir für die Brühe folgende Gewürze ...“ Sie zählte auf, und ich wußte, daß die Würze meist als Geheimnis gehütet wurde. „Brotwürfel, geröstet, mit Knoblauch-Paprika-Mayonnaise oder Roille bestrichen, darüber gießt man die Brühe mit dem passierten Fischzeug. Gräten sind unerwünscht; sie mindern, wenn sie in der Zunge oder im Zahnfleisch stecken, den Genuß erheblich. Macht ungemein viel Arbeit. Wenn ihr die Fische fangt und die Gewürze habt, stelle ich mich gern in die Küche.“

Sie lächelte und berührte meine Hand. Ihre Finger krochen meinen Arm hinauf und hinterließen prickelnde Eindrücke.

„Anschließend wird mich Atlan eine Woche lang nicht anfassen, weil ich nach Fisch stinke wie ein Marktweib.“

„Da ist etwas Wahres dran“, sagte ich. „dieser Steinzeugkrug, Graf Anguerrond ohne Titel, verbirgt sich darin ein Lebenswasser? Eines aus eigener Züchtung?“

Er hob das kolbenförmige Gefäß in die Höhe. Boog brachte sechs Gläser, so groß wie doppelte Fäuste, und verteilte sie in der Tischmitte. Laurent zupfte an den Saiten des Instruments und stimmte es ein.

„Er sammelt Lieder und schreibt sie auf“, verriet uns

Joelle. „Und er singt gut. Dürfen wir . . . darf ich Felicienne holen? Sie sieht ihn gern. Meine Freundin."

„Nur zu. Nimm meinem Umhang. Ich begleite dich, Joelle", sagte Amou und ließ sich mitziehen. Einige Kerzen waren heruntergebrannt; wir ersetzten sie nicht mehr. Das Licht im Raum begann sich rötlich zu färben. Als mein Verwalter vorsichtig die Gläser drei Finger hoch füllte, breitete sich ein herrlicher Geruch aus. Man mußte sie lieben, diese Barbaren. Stunden wie diese entschädigten für lange Schilderungen blutiger Kriege.

„Du verwöhnst uns, mon ami", sagte ich. Guilelmon zog die weißen Brauen hoch.

„Nach einer Lebensrettung und einem Jahrzwölft des besten Lebens? Willst du dich mit mir prügeln, mon ami?"

„Ich würde verlieren", sagte ich. „Freiwillig, mon ami."

Laurent schlug ein paar schöne Akkorde. Wahrscheinlich war er der Liebling aller Mädchen und Frauen im Department. Er blinzelte mir zu und begann leise ein Lied, das sich mit den sinnlichen Auswirkungen der Weinlese beschäftigte. Selbst Boog lachte, als wir den Refrain, immer sicherer, mitsummten und -sangen. Ich hob das Glas, nachdem es in den Handflächen gebührend lange geschwenkt worden war. Dann grinste ich in mich hinein und sagte:

„Zuerst die Probe. Er riecht ordentlich, mon ami. Aber ist er auch stark genug?"

Der Verwalter schaute mich an, als habe ich ihn vorsätzlich beleidigt. Ich tunkte meinen Zeigefinger in das *Eau de vie,* hielt den Finger an die Kerzenflamme und sah, wie der Alkohol an meiner Haut brannte, ohne zu schmerzen. Ich steckte den Finger in den Mund, leckte ihn ab und verzog anerkennend das Gesicht. In diesem Moment kamen Joelle, Amou und eine dunkelblonde, schlankhüftige und großbrüstige junge Frau mit schmalem Gesicht und auffallend großen Augen herein.

Laurent stimmte sofort ein anderes Lied an, und Felicienne wurde über und über rot, als wir schon beim erstenmal den Refrain begriffen.

Zwei Stunden vor dem Morgengrauen, als aus Ost ein steifer, kalter Matinal blies, zerstreuten wir uns.

Glut im Kamin. Sie leuchtete wie ein Zyklopenauge. Eine einzige Kerze mit ungewöhnlich spitzer Flamme brannte ungewöhnlich ruhig. Amoustrella lag halb auf meiner Brust, und ihre Finger spielten mit der Kette des Zellaktivators.

„Es war gut", sagte sie in tiefem Ernst, „hierherzukommen. Die Inseln sind herrlich; man saugt Sonne in sich auf. Aber hier bin ich, sind wir unter warmherzigen, guten Menschen."

„Kurzum, unter Freunden, Fürstin der subtilen Leidenschaften", sagte ich. „Obwohl, wie du weißt, ich nicht ganz von dieser Welt bin – hierher zieht's mich."

Der Wind heulte ums Haus. Ein Hund bellte, dürre Ranken schlugen gegen die Läden. Die Laken waren kühl, unsere Körper glühten. Wir rochen gemeinsam nach Guilelmons Lebenswasser; die Flasche war leer.

„Es ist der richtige Platz. Ein Kometensegler im Regen."

„Warte nur. Morgen wirst du erschöpft aus dem Sattel fallen, während ich noch fröhlich auf dem Waldweg galoppiere."

„Das mag sein", sagte sie und kniff mich in die Nase. „Aber ich falle weich, denn du wirst mich in deinen sehr starken Armen auffangen."

Ich nickte, schwieg einige Atemzüge lang und sagte leise:

„Das werde ich. Weil ich dich liebe, Amou."

Ich schloß die Augen. Deutlich sah ich vor mir die beiden Grabsteine, an denen der Regen herunterlief. Monique und Cephyrine. Alle, die ich geliebt hatte, die mich geliebt hatten, waren nicht mehr. Ich lebte noch und kam von diesem Planeten nicht weg.

Der Hund, ein gefleckter Bastard, der zwischen den Hufen der Pferde umhersprang, wedelte, was sein Schwanz hergab. Der steife Auvergnasse, der aus Nordwest durch das Tal pfiff, blies auch den letzten Rest des Alkohols unter den Schädeldecken hinaus. Wir ritten in einem leichten Trab, hin und wieder durch einen Galopp unterbrochen, über die Ziehwege und Ziegenpfade zwischen den Felsen und entlang der Waldränder.

„Du grübelst, mon ami", rief Amoustrella. Wir waren in dicken Stoff, Leder und Fell gekleidet. Nässe perlte von den Gesichtern, und die Hufe dröhnten auf dem Waldboden.

„Ob ein Kaiser mit sechsunddreißig Jahren schon klug genug ist, meine Ratschläge für den Ausfluß geschichtlicher Wahrheit zu nehmen? Darüber denke ich nach."

„Bonaparte läßt dich nicht los."

„An wen sonst sollte ich denken?"

Der Weg verbreiterte sich und mündete in ein sandiges Bachbett. Wir konnten nebeneinander reiten. Unter der Mütze flatterte Amous schwarzes Haar naß um ihren Hals.

„Er spricht ein schlechtes Französisch, Liebster."

„Aber er reitet in fünf Stunden hundertzwanzig Kilometer weit."

Mitunter waren Riancors Fähigkeiten, Informationen einzuholen, mehr als verblüffend. Aber schließlich hatte er Jahrtausende der Erfahrung gespeichert.

Einen halben Kilometer weiter sagte Amoustrella:

„Also wirst du mit ihm sprechen? Bald?"

„Das hängt davon ab, ob sie ihn in der nächsten Schlacht töten, die Österreicher und die Russen. Ihre Heere sind größer als seins."

„Auch besser?"

„Am Jahrestag der Kaiserkrönung, einen Tag hin oder her, werden sie kämpfen wie die Löwen."

Noch immer war die Gegend im weiten Umkreis Beauvallons menschenleer. Die wenigen Straßen ließen erkennen, daß sie nur wenig benutzt wurden. Die Gegend blieb leer, weil die einzigen Ackerflächen, Weiden und Weinhänge in der Nähe jenes Punktes sich ausbreiteten, den wir damals als den besten Standort analysiert hatten. Es würde sich auch in den kommenden Jahrhunderten kaum etwas ändern; auf Felsen und auf den steilen Hängen wuchs nichts. Höchstens dürres Gras für Herden magerer Schafe.

„Zurück. Hier haben wir alles gesehen", rief ich, parierte den Hengst und wartete auf Amou.

„Bald wird es dunkel. Ehe wir uns das Genick brechen oder die Beine der Pferde."

„Und nach allem: ein langes, heißes Bad."

Selbst die Vögel blieben in ihren Verstecken, als wir gegen den Wind zurückritten, uns sehr genau umsahen und unter dem grauen, von jagenden Wolken gestreiften Himmel zurückritten. Wir versorgten unsere Pferde, die im Stall dampften, dann nahm uns Boog die Mäntel ab, und wir verschoben die Unterhaltungen mit den freien Bauern auf den nächsten Tag. Das Schlößchen war warm, und aus den uralten Lautsprechern, die noch niemand in den Wänden gesucht und entdeckt hatte, Musik, die Riancor uns überspielte. Das Wasser, in dem wir uns ausstreckten, roch nach den Kompositionen feinnasiger Männer der Stadt Grasse, und das warme Wasser vertrieb die Klammheit aus unseren Körpern. Boog brachte uns hellroten Wein und legte die dicken Tücher bereit.

Ich beabsichtigte, mit dem Kaiser zu sprechen.

Ich wartete nur noch auf Riancor und seine letzten Beobachtungen, die ich in der kommenden Nacht abrufen würde.

Am 28. Oktober erreichte die VICTORY, von der NEPTUNE geschleppt, Gibraltar. Admiral Horatio Nelsons Leichnam war in einem Faß Brandy konserviert worden. Inzwischen war sie auf dem Weg nach England.

Für Laurent beschafften wir eine neue, bessere Gitarre, für Joelle Kleider und etwas Schmuck, für jeden von uns gute, handgearbeitete Stiefel für Beauvallons Winter. Agnés führte unter dem freundschaftlich-erbarmungslosen Diktat Riancors eine Diät durch, und während sie ihre Polster unter der Haut verlor, jagte Guilelmon mit einem zweiläufigen Hinterlader, der Bonapartes Kriegführung revolutioniert hätte, hier aber als Geschenk aus fernen Weltgegenden nur Staunen hervorrief. Er war ein guter Schütze; für den Jahreswechsel würden wir genügend Wildbret haben.

Ich rüstete mich, nachdem ich lange über die treffende Maske nachgedacht hatte, entsprechend aus. Schließlich kannte mich Bonaparte als Sohn der Wüste und weitgereisten Dünenreiter. Ich fand einen Kompromiß, belud den Gleiter und startete am 30. November nach Nordost.

Am äußersten Rand des Lagers, nachdem ich den Gleiter hinter dem Deflektorfeld versteckt hatte, erbat ich von einem Offizier in klassischem Französisch und in ausgesuchten Worten ein Pferd und ritt ins Zentrum der Zelte. Die Schlacht von Austerlitz war vorbei. Napoleon triumphierte als Sieger. Als ich, ein Bild von bestechend sorglos zur Schau gestellter Eleganz, auf das Zelt zuging, hörte ich ihn diktieren.

„. . . eurem Eisen entging, ertrank in den Seen.

Vierzig Fahnen, die Standarte der kaiserlichen Garde von Rußland, hundertzwanzig Geschütze, zwanzig Generale, mehr als dreitausend Gefangene sind das Resultat dieses denkwürdigen Tages . . .“

Ein Aufruf an sein Heer also. Ich ergänzte: fünfzehntausend tote Russen, tausend Franzosen, dazu eineinhalbtausend Verletzte. Hundertfünftausend Gegner, neunzigtausend Mann eigene Kräfte. Napoleon bemerkte mich, als General Sebastiani mich aufhielt und anschrie:

„Wer hat Ihnen die Erlaubnis . . .?“

„Durchlassen!“ Napoleons Stimme wurde schneidend scharf. „Vertrauen zu sich selbst, lieber General, ersetzt man am leichtesten durch Mißtrauen gegen andere. Der Scheich ist mein Freund; ihm verdanke ich Siege bei Kairo.“

Zu mir gewandt sagte er:

„Warten Sie, Scheich Atlan. Ich diktiere nur noch ein paar Zeilen.“

Eine Ordonnanz brachte einen Feldstuhl und Wein. Ich sprach nichts, schaute mich um, streckte die Beine aus. Vom offenen Zelt aus – die Glutkörbe stanken und verbreiteten nur in unmittelbarer Nähe ihre Wärme – war das Schlachtfeld zwischen Brünn und Austerlitz zu überblicken. Das Gelände mitsamt den Seen, in deren Eis Unzählige ertrunken waren, weil der Kaiser das Eis mit seinen Geschützen zerschießen ließ, war furchtbar zernarbt und durchwühlt. Die vielen kleineren Gruppen sammelten sich, trugen Trümmer und Beute zusammen, versuchten, die Ordnung wiederherzustellen.

Schießlich stand Napoleon auf, begrüßte mich überaus herzlich und strahlte mich an.

„Sie reisen wirklich weit, mon ami“, sagte er. „Was führt Sie ausgerechnet hierher?“

„Ich versuche, in Ruhe mit Ihnen zu sprechen, und zunächst freue ich mich mit Ihnen über den Titel und die Bedeutung. Caesar von Frankreich; wer hätte vor Akko daran gedacht?“

Er nahm mich am Arm und führte mich aus dem Zelt. Ich fühlte mich wie inmitten eines gewaltigen Ameisenheers. Zehntausende Männer bewegten sich in weitem Umkreis, es wurde kommandiert, geschrien, Pferde wieherten, alles war in ununterbrochenem Hasten und Fluchen.

„Ich nicht, ehrlich, Scheich. Hier sehen Sie die blutigen Reste eines großen Sieges. Ich kämpfe für Frankreich."

„Nicht deshalb, um die Grenzen Frankreichs nach allen Richtungen zu verschieben? Man liebt Sie nicht in Europa, mein Kaiser."

„Ich verlange nicht, daß man mich liebt. Ich verlange, daß alle Franzosen ihre Feinde hassen. Ein Teil des Sieges, mon ami Atlan, ist auch Ihnen zuzuschreiben. Die Wissenschaft Ihrer Zivilisation hat mir stets geholfen. Auch Ihre Ausführungen über die Logik der Organisation."

Sein Französisch war nicht besser geworden. Er wirkte fahrig, seine Gesichtshaut war ungesund, sein Haar grau und silbern geworden. Eine Hand preßte er zwischen zwei Uniformknöpfen gegen den Oberbauch.

„Das habe ich damals beabsichtigt", sagte ich. „Und das war der größte, der letzte Sieg, mein Kaiser?"

Schon vor Kairo war es deutlich geworden, daß wir beide – wenn niemand uns zuhörte – auf eine ganz bestimmte, vorsichtige Art miteinander umgehen und sprechen konnten. Niemand wußte, wieviel Napoleone Buonaparte an wissenschaftlichen, militärtechnischen und politischen Erfahrungen von mir übernommen hatte. Wir sprachen Italienisch; ich kannte eine Menge Ausdrücke aus seinem *Corsu*-Dialekt.

„Ich hoffe es. Wenn drei Kaiser miteinander verhandeln, wird es wohl endgültig Frieden geben. Wenn nicht, dann werde ich weiterkämpfen und siegen."

„Das gilt nicht für England."

„Diese Krämer. Es wird erst Ruhe geben, dieses regnerische Eiland, wenn ich es vernichtet habe."

Ich seufzte. In der beißenden Kälte spazierten wir zwischen den Zelten. Es war deutlich, daß seine Soldaten ihren Kaiser liebten. Jeder grüßte ihn, viele sprachen ihn mit „du" an. Das Invasionsvorhaben mit unzähligen Schiffen hatte er aufgeben müssen. Es war ein Unternehmen gewesen, das von Anfang an vom Scheitern begleitet worden war. Mit dem Hinweis auf die unbesiegbare Armada der Spanier hatte ich versucht, ihm diese Idee auszureden. Er blieb starrsinnig und war von der Brillanz seiner Vorstellungen überzeugt.

So waren sie alle, jene Barbaren, die sich als Pharaonen sahen. Aber ihnen fehlte so viel dazu, die Welt zu beherrschen – abgesehen von den technischen Voraussetzungen. Sie verwechselten ihre Einfälle mit der Wirklichkeit. Ein genialer Kaiser gegen eine Milliarde anderer Barbaren? Es waren nur winzige Schritte im Nebel des Anfangs. Bessere Männer waren vor ihnen gescheitert.

„Du kannst tun, was du willst", sagte ich. „Das Direktorium gibt es nicht mehr."

„Aber jede Woche eine andere Koalition der Mittelmäßigen."

„Viele Mittelmäßige können den Besten zerstören", sagte ich. „Bleibe im Land, sichere die Grenzen, kaufe Land dazu, verhandle, übertölple die anderen. Oder willst du tatsächlich auch noch am östlichen Rand des Kontinents kämpfen?"

„Wenn sie mir keine andere Wahl lassen."

„Du nimmst ihnen das Land weg. Cisalpine Republik. Italienische Republik, auch keine res publica, Sache des Volkes, wie wir beide wissen. Dann Genua. Sie werden dich früher oder später überall wieder hinauswerfen. Du kannst mit einer Viertelmillion Franzosen nicht gegen die ganze Welt kämpfen, immer und überall, und obendrein bist du schon sechsunddreißig und siehst zehn Jahre älter aus."

„Tatsächlich?"

Natürlich versuchte er nicht nur durch Schlachten seinen Einfluß zu vergrößern. Er verhandelte mit jedem und gegen jeden. Aber täglich konnte es wieder andere, nur den Interessen für den nächsten Monat dienende Machtzusammenrottungen geben.

„Und tatsächlich fühlst du dich, trotz des Bäuchleins, zwanzig Jahre älter und alles andere als gesund. Daß du deine Verwandtschaft, allesamt nicht mit deinen Gaben des Verstandes gesegnet, zu Königen und Vizekönigen machst, ist natürlich beweisbarer Unsinn, mein Freund."

Er ballte die Faust, spreizte den Mittelfinger steil ab und deutete damit, während seine Faust in die Ellenbeuge des Arms schlug, über die rechte Schulter.

„Willst du das Amt, Atlan?"

Ich sagte ihm in gebrochenem Korsisch, was ich von diesem Einfall hielt. Er lachte lange, laut und schallend. Die Soldaten in der Nähe hielten inne, blickten ihn verdutzt an und grinsten ebenfalls. Ich sagte nach einer Weile:

„Und jetzt? Wohin jetzt?"

„Zieroschitz, zu den Vorposten. Gespräche mit den anderen Majestäten."

„Man wird sie vor die Entscheidung stellen, Frieden zu schließen?"

„Frieden zu halten", sagte er entschlossen. „Möglichst lange. Es ist so unendlich viel zu ordnen, zu reformieren, aufzubauen. Du weißt es. Alles, worüber wir so oft und lange gesprochen haben."

Ich berührte ihn am Oberarm, drückte zu und sagte:

„Ich warne dich. Du hast vielleicht noch fünfundzwanzig Jahre zu leben. Bei der nächsten Schlacht kann dich ein Geschoß treffen und zerfetzen. Was dann?"

„Dann sorgen meine Brüder und Schwäger dafür, daß es in meinem Sinn weitergeht."

„Daran glaubst du? Mich kannst du nicht belügen, mon

ami. Kaiser oder Leutnant, der einst dem Sturm auf die Bastille zuschauen mußte? Jene Männer, von denen du träumst, Timur Lenk, Alexander, Dschenghis Khan, Darius, Xerxes . . . ihre riesigen Reiche sind, wie sie, längst von jedem außer dir zu Recht vergessen. Das sollte dir etwas zum Nachdenken geben, aber ich rede mir die Zähne wund. Was hilft es?"

Er schwieg. Wir umrundeten eine Reihe Geschütze, an denen die Soldaten putzten. Die Munitionskisten auf den Lafetten waren gefüllt. Dampfende Pferde wurden gefüttert, getränkt, gestriegelt und mit Decken gegen die eisige Kälte geschützt. Ein riesiger, nicht abreißender Zug bewegte sich auf Brünn zu. Bis hierher hörte man die Schreie der Verwundeten, die getragen und auf Wagen gefahren wurden.

„Darauf fällt dir auch keine geschliffene Antwort ein, Kaiser? Kann ich dir helfen?"

Er nickte.

„Du könntest den besten Heerführer abgeben und überall dort meine Siege erkämpfen. Ich hocke wie eine fette, kranke Spinne in Paris und baue Straßen, Schiffe und Fabriken."

„Abgelehnt. Wie lange bleibst du . . . willst du bleiben? Warm und bequem ist es allerdings nicht."

Es roch überall nach Rauch und verbranntem Pulver, nach gefrorenen Latrinen und kaltem Schweiß. Ich blieb vor einem riesigen Feuer stehen, das aus frisch geschlagenem Holz loderte. Der Rauch stieg wie ein Signal kaiserlicher Größe in die tiefhängenden Schneewolken. Napoleon sagte schließlich:

„Bleib ein paar Tage hier. Quartier findet sich. Ich werde nicht viel Zeit für Effendi Atlan ben Aracon haben. Aber in der Nacht können wir lange über den Lauf der Welt nachdenken und sprechen und farbige Linien auf Landkarten zeichnen."

„Einverstanden. Ich habe ein Quartier in einem Weiler bei Brünn. Heute abend hier im Zelt?"

„Ich sorge für Ruhe. Hier: Hundert Leute warten auf Befehle. Ich gebe dir einen guten Rat, Scheich: Werde niemals Kaiser. Schon gar nicht Kaiser der Franzosen."

Ich grinste ihn an, salutierte und fiel wieder ins Französische zurück, da wir zu viele Zuhörer hatten.

„Majestät, ich werde pünktlich sein. Es ehrt mich, daß Sie sich nach so vielen Jahren an mich erinnert haben."

Er umarmte mich ein wenig ungeschickt, und die Ordonnanz brachte das Pferd.

„Gern und augenblicklich erinnerte ich mich, Scheich Atlan. Bis später."

Ich verbeugte mich tief, führte einige höfliche Gesten aus und schwang mich in den Sattel.

Drei Tage oder besser viele Stunden der Nacht, unterbrochen durch häufige Abwesenheit des Kaisers, sprachen wir miteinander. Er rechnete mir vor, daß Austerlitz die vierzigste Feldschlacht gewesen war. Wir betrachteten die Karte und ihre politischen Grenzen und Farben; in der Tat konnte sich nach diesem Sieg Napoleon als bestimmender Mann über ganz Europa fühlen. Wir verabschiedeten uns, und wenn nur jedes fünfte Wort in seiner Erinnerung und Überzeugung blieb, hatte ich viel gewonnen.

Er machte sich auf den Weg nach Wien, und ich flog langsam, mit einigen Unterbrechungen, zurück nach Beauvallon. Dort empfingen mich fröhliche Gesichter und ein Schneeregen, der zwei Tage lang anhielt.

Januar, Februar und März verbrachten wir in Beauvallon, jagten und ritten viel, und hin und wieder flogen Amoustrella und ich mit dem Gleiter an die Mittelmeerküste und gingen im feuchten Sand spazieren. Bonaparte hatte offensichtlich seine Versprechen und Verträge gehalten und eine Menge zusätzliches Glück; er dehnte seine Herrschaft beharrlich, aber unkriegerisch aus. Joseph Marie Jacquard erfand eine von durchlöcherten Streifen gesteuerte Webmaschine. Immerhin erkannten die Barbaren das System von steinzeitlichen Rechenmaschinen und deren grundlegenden Funktionsweisen. In Amerika wurde am ersten Dampfschiff gearbeitet, das den Hudsonfluß befahren sollte. Der Deutsche Humboldt drang in die undurchdringlichen Dschungel Südamerikas ein, und eine Maschine erzeugte tatsächlich Endlos-Papierrollen. Die Musiker schlugen sich mit den schwierigen, aber ausdrucksstarken Partituren eines gewissen Ludwig van Beethoven herum. Ich bevorzugte Bach und Mozart.

Mit hochgeschlagenen Krägen, dicht aneinandergeschmiegt, gingen wir auf dem schmalen Pfad hinaus auf die Lichtung. Der kreideweiße Vollmond hing über dem Türmchen der Kirche. Jagende Eulen flatterten fast lautlos durch die Zweige.

„Die Welt bleibt ruhig, Amou“, sagte ich. „Die einzige Möglichkeit für dich, das Altern weit hinauszuzögern, ist der lange Schlaf an meiner Seite.“

Von allen Zweigen fielen schwere Tropfen. Im Dorf krähten die ersten Hähne. Der Himmel war völlig frei, und die Sterne würden bald flackern und erlöschen.

„Ich weiß. Du willst abwarten, was dein geistiger Schützling treibt? Die Ergebnisse in ein paar Jahren sehen?“

„Ja.“

Vielleicht hatte uns der Vollmond geweckt oder ein Traum. Fast gleichzeitig waren wir aufgewacht und hatten dasselbe Bedürfnis. Wir zogen uns dick an und waren zuerst durch die Weinberge geklettert, an denen Schneereste lagen. Das gesamte Land hatte sich voller

Nässe gesogen; es würde ein gutes, fruchtbares Jahr werden. Wahrscheinlich hatte uns niemand gesehen, und wenn es so war, dann hatten sich die Dörfler längst an unsere Verrücktheiten gewöhnt.

„Und dein Sternenschiff, du Kometensegler?“ fragte Amoustrella.

Ich hatte diese Frage lange erwartet. Für mich hatte ich schon eine Antwort.

„Wenn ich in meine ferne Heimat fliege, überlasse ich für eine unkontrollierbar lange Zeit diese Welt dem Seelensauger aus dem Anderswo. Ohne mich können Männer wie Bonaparte unkontrolliert ihre Machtinstinkte ausleben. In absehbarer Zeit sind die Anguerronds zu alt, um Beauvallon zu verwalten. Ich denke, ich warte noch ein paar Jahre ab.“

„Ich warte mit dir. Wie viele?“

„Fünf, sieben oder meinethalben zehn Jahre?“

„Jede Zahl ist richtig. Aber vorher noch ein paar Wochen auf der kleinen Insel?“ flüsterte Amoustrella. „Nur du und ich?“

„Mit Vergnügen.“

Es war feucht und kalt. Wir kehrten um und dachten an ein warmes Bad und ein warmes Bett. Als wir in der Nähe des Dorfplatzes zwischen den Buschreihen hervorkamen, sahen wir eine einzelne Gestalt, die auf das Schulhaus zulief. Laurent, der Gitarrespieler. Er kam vermutlich von einem Rendezvous mit einer Dorfschönen zurück, denn er pfiff fröhlich eine Melodie. *Die Marseillaise!* Napoleon hatte das Lied zur nationalen Hymne erhoben.

„Hoffentlich muß er nicht alle Mädchen heiraten“, lachte Amou und schaue ihm nach, bis sich knarrend die Tür der Schule schloß.

„Nacheinander, nicht gleichzeitig“, sagte ich. „Aber ... wenn in der kurzen Zeit Nonfarmale sich wieder zeigt, ändert sich unsere Berechnung sehr plötzlich.“

Sie seufzte. „Ich weiß.“

Wir verschliefen den Morgen und die Hälfte des Tages. Dann fingen wir an, Stück um Stück der Ausrüstung wieder zu verpacken. Noch vor Ostern schafften Riancor und Boog das Gepäck in die Kuppel, und wir benutzten den Transmitter und sonnten uns am Strand von Yodoyas Inselchen. Ich fragte mich, was aus den Nachkommen der selbstmörderischen Samurai geworden war, deren Dörfchen noch immer unter der Schutzkuppel lag und von Riancors Subrobotern instand gehalten wurde.

Braungebrannt, trunken von der Wonne, fast heiter, kamen wir wieder zurück und vertrauten uns dem Schutz der Geräte an. Rico erhielt genaue Anweisungen, unter welchen Umständen wir zu wecken seien.

8.

„Leben kann man nur vorwärts. Das Leben verstehen nur rückwärts.“

Rico/Riancor, am 25. April 1812

„Was ist geschehen?“

„Der Zar hat Bonaparte ein Ultimatum gestellt“, sagte Riancor. „Deswegen habe ich euch geweckt.“

„Richtig.“

Ich erkannte das Datum. 26. April, gut sechs Jahre nach dem Beginn des Schlafes. Eine Zusammenfassung wichtiger und unwichtiger Informationen erleichterte uns das Erwachen und die Anpassung ans Leben: Londons Gassen wurden heller durch Gasbeleuchtung, Fultons Dampfschiff schnitt durch die Hudsonwellen, es gab künstliche Zähne aus Keramik, man grub Pompeji aus, verstand die Polarisation des Lichtes, die Bewegung der Himmelskörper, es gab einen elektrisch-chemisch arbeitenden Telegraphen und eine im wahrsten Sinn obskure Farbenlehre eines deutschen Dichters, eine Unterscheidung von Atomen und Molekülen, imaginäre Zahlen und Schnelldruckpressen, und schon leuchtete knisternd der elektronische Lichtbogen von Mr. Dary. Offensichtlich brach ein beleuchtetes Zeitalter an, würde es auch ein erleuchtetes werden?

„Und was hat dein Freund, der Korse vor?" fragte Amou.

„Ich denke, er wagt das Wahnsinnige und marschiert auf Moskau zu."

Nach einiger Zeit sprach Riancor aus, was seine Wahrscheinlichkeitsrechnungen ergeben hatten.

„Nicht der Zar wird ihn besiegen, sondern Rußland. Das Land. Die Natur."

Ich senkte den Kopf; mir tat der Kaiser irgendwie leid.

„Wer bin ich, daß ich dir widersprechen würde."

„Nonfarmale lebt", eröffnete mir Riancor zwei Tage später. Ich war besser erholt und verdaute den Schock leichter. „Nelsons wracke VICTORY wurde im Januar vor sechs Jahren außer Dienst gestellt. Napoleon selbst ließ auf jedem französischen Schiff, unübersehbar groß, ‚La France compte que chacun fera son devoir!' anschreiben: die gleiche Phrase, nur in der Sprache Racines. Nelson ist in der Sankt-Paul-Kathedrale begraben. Das Schiff, siehe Bild, ließ man als Denkmal schwimmen."

„Und dieser Narr wagt sich in die ferne Unendlichkeit von Taiga und Ural", sage ich erschüttert. „Arkonide, deine Worte waren Schall und Rauch."

„Leise und dünn", sagte Amoustrella, und als ich sie zum erstenmal mit klarem Blick sah, erschrak ich.

„Mein Haar hat das Salzwasser auf die Dauer nicht vertragen. Oder es war etwas anderes, Liebster", meinte sie entschuldigend. „Bald ist die alte Pracht wieder zu sehen."

Die Form ihres Schädels war so schön wie der Rest ihres Körpers. Ihr Haar, blauschwarz wie erinnerlich, war nicht länger als zwei Fingerbreit. Es lag wie eine Samtkappe oder ein Fell an ihrem Kopf an. Riancor hatte, zusammen mit den Medorobots, das Haar gekürzt und die Kopfhaut versorgt.

Nachdem ich begriffen hatte, welche vielschichtigen Entwicklungen dazu geführt hatten, daß nach aller Wahrscheinlichkeit die französischen Heere geradewegs nach Osten marschieren würden, sagte ich mir, daß auch Napoleon nicht fliegen konnte.

„Bis er sein Cannae erlebt, ist noch viel Zeit. Es eilt nicht. Wie geht es Beauvallon?"

„Morgen siehst du die Bilder. Es könnte nicht besser gehen. Laurent studiert in Paris Musik."

Amoustrella kicherte.

„Er hat sich durch Flucht seinen Liebschaften entzogen. Kluger Bursche."

„Du bist ein weiblicher Chauvinist, meine Liebe."

„Ich sage nur selten etwas Falsches", antwortete sie. „Und ich fürchte, Nonfarmale beobachtet die Zuspitzung der kriegerischen Entwicklungen ebenso aufmerksam wie du, Liebster."

„Das vermute ich nicht nur, das weiß ich."

Eine weitere Einblendung zeigte mir das Schicksal der Offiziere, die ihrem Anführer, dem Husarenmajor Ferdinand von Schill, gehorchten und während eines Scharmützels der Österreicher gegen napoleonische Truppen auf eigene Faust losschlugen; die Älpler hatten sich gegen Napoleon erhoben. Der Major fiel im Straßenkampf in Kolberg, die Truppe wurde durch Dänen und Holländer, die zu Napoleon hielten, gefangen, getötet oder zerstreut. Schill hatte den Befehl umgangen, den Gehorsam verweigert und war mit seiner Kavallerie von Berlin aus losgeritten. Die Bevölkerung, vom Schrecken des Krieges gelähmt, half dem Major und seinen Reitern nicht, und auch die Eroberung von Mecklenburg hatte nichts an dem schaurigen Ende ändern können. Deutschland verbündete und stellte sich nicht gegen den Kaiser; sein Heer und sein Name riefen noch immer maßloses Erschrecken hervor.

Von Tag zu Tag wurden wir kräftiger, und jede weitere Beobachtung zeigte mir, daß auch Napoleon es nicht geschafft hatte, nicht schaffen konnte, die Welt zu einigen, es sei denn, gegen sich selbst.

„Den letzten Teil der Reanimationsphase verbringen wir dort, wohin die Engländer ihre Strafgefangenen verschiffen“, sagte ich. „Bis sie sich durch die Rieseninsel in unsere Nähe vorgearbeitet haben, vergeht noch so manches Jahr.“

„Es ist leicht, Hangar und Dorf so zu tarnen, daß sie auch in einem Jahrhundert nichts erkennen“, sagte Riancor.

„Darüber sprechen wir in einem halben Jahrhundert.“

Die nächsten Tage liefen mit der gewohnten Routine von Riancors perfekter Versorgungslogik ab. Die Wohnhäuser wurden kontrolliert, die Vorräte aufgefüllt, nötige Reparaturen durchgeführt, der Strand gereinigt und geharkt, die Hangartüren vom angewehten Bewuchs befreit und die Kühlung eingeschaltet. Von Beauvallon aus, das ich zweimal besuchte, kamen frische Lebenmittel, Wein und geräuchertes und gepökeltes Fleisch und Würste. Napoleon fing an, eine riesige Armee zusammenzustellen; nicht nur Franzosen würden gegen den Zaren von Rußland kämpfen.

Ende Mai verließen Amoustrella und ich den Transmitter und fanden uns wieder in der Hitze und Sonne Australiens. Eines der letzten Bilder, die ich in der Unterwasserkuppel gesehen hatte, ließ mich nicht los. Riancors Sonden hatten einen Grabstein aufgenommen, auf dem in deutscher Schrift denkwürdige Worte eingemeißelt waren.

Hier ruht der Rest meines Gebeins. Ich wollte, es wäre deins.

Ich lag, müde vom Schwimmen, geblendet von der Mittagssonne, auf der Terrasse in Kühle und Schatten und blätterte in einem weiteren rätselhaften Exemplar eines Buches. Ich besaß schon zwei davon, aus verschiedenen Jahrhunderten. Dieses war französisch geschrieben und hätte aus dem Nachlaß Rabelais' stammen können:

Kampf zwischen dem armen Füger der Worte und dem reichen Händler bedruckten Papieres, Buch elf, oder Publius multiverba maximus junior über conflictatio . . . plenus pictarum et chartarum exactarum geoglyphii protodomissii

Es war kein Buch, das man mit leichter Hand beiseite schieben konnte; man mußte es mit aller Kraft in eine Ecke schleudern. Es war in schweres Leder gebunden, und der Text war mehr als gewunden und verworren. Abermals hatte jeder „Füger der Worte" etliche Berichte über widernatürliche Vorkommnisse zusammengetragen, breit und farbig ausgeschmückt, bizarre Karten und Bilder stechen lassen und dazu seine Kommentare geschrieben. Ich las, je weiter ich mich durch den Text kämpfte, von geschichtlichen Ereignissen, an denen ich teilgenommen hatte, aber jenem Beschriebenen waren auch scheinbare Wunder, Unerklärlichkeiten und einige Umkehrungen von Naturgesetzen leichter Hand zugeschrieben worden. Alles in allem war es ein Elaborat, das in meine Bibliothek der Seltsamkeiten gehörte. Ein Schatten fiel über die stockfleckigen Pagina.

„Müde? Durstig? Mitteilungsbedürftig?"

Amoustrella war in der langen Zeit – oder den wenigen wirklich gelebten Jahren – unseres Zusammenseins in einen großen Teil meines Instrumentariums eingeweiht worden. Vieles verstand und akzeptierte sie, einiges blieb ihr fremd. Sie hielt Boog und Riancor für Rätselwesen, aber sie identifizierte sie nicht mit jenen Maschinen, die uns überall das Leben erleichterten, ohne daß man sie wirklich sah und hörte. Hunderte unbemerkter und freiwilliger Hypnoschulungen hatten ihr jede Scheu vor Bildschirmen und Gleitern, Waffen und den Bestandteilen abenteuerlicher Maskeraden genommen. Ihr Verstand war elastisch genug, und manchmal fragte ich mich allen Enstes, warum wir diese versteckte, geheime Arkon-Universität nicht gründeten.

„Alles zusammen. Wirst du Napoleon helfen, den Zaren zu besiegen?“

Mit einem dumpfen Knall klappte ich das Buch zu und richtete mich auf.

„Ich denke nicht einmal im Alptraum darüber nach!“ rief ich. „Bin ich verrückt oder ein Schlächter?“

„Keines von beidem. Du willst nur zusehen?“

„So ist es.“

Es mochte ja sein, daß Napoleon wirklich einen Teil meiner Erwartungen erfüllte. Die Wahrscheinlichkeit sprach dagegen. Der Logiksektor bestätigte:

Alles spricht dagegen. Er wird scheitern. Es gibt eine gewaltige Krise. Viele Schwächlinge werden die Stelle eines Starken einzunehmen versuchen.

Ich nickte. Fünf russische Divisionen waren vor einem Jahr nach Polen eingerückt. Eine Viertelmillion Truppen standen bereit und befanden sich entlang der russischen Grenze. Dreißigtausend Mann steuerte Österreich zu Napoleons Armee bei. Vierhundertsechzigtausend Köpfe befehligte Napoleon insgesamt. Nur wenn Napoleon schnell Moskau erreichte, konnte er den Frieden diktieren. Mir schien, als wünschte er keinen Krieg gegen den Zaren. Er hatte sich von Josephine scheiden lassen und Erzherzogin Marie-Louise geheiratet, die ihm einen Sohn gebar, den König von Rom.

„Und du wirst auf Nonfarmale warten."

„Auf diesen Augenblick bereite ich mich vor. Wieder einmal."

Amoustrella trug große Schalen voller schwarzem Kaffee und Whisky auf einem Tablett. Ich schob das Buch zur Seite und schenkte die Gläser halbvoll.

„Ich ahne", sagte ich, „daß der Seelensauger pünktlich dort erscheint, wo die meisten Männer sterben. An welcher Stelle das sein wird, weiß niemand. Aber es wird ganz sicher so sein."

Es dauerte; am 24. Juni überschritt Napoleon mit einer gemischten Armee die Memel, am 17. August nahm er Smolensk ein. Die Schlacht bei Borodino, während der Nonfarmale sich nicht blicken ließ, fand am 7. September statt. Bei Smolensk verlor Rußland vierzehntausend Tote und Verwundete; die Kaiserarmee litt unter der sengenden Hitze. Die Russen zogen sich in Richtung auf Moskau zurück. Jede Bewegung wurde, so gut es eben ging, von unseren Spionsonden verfolgt. Russische Provinzen wurden durch die Heere verwüstet, aber die Franzosen schrien: „Allons enfants!" und „Nach Moskau, Kaiser!" und steckte auf dem Weg zur Ebene von Borodino die Dörfer an. Zehntausend Tote bei den Franzosen, zwanzigtausend Verwundete; sechzigtausend tote russische Soldaten. Der Weg nach Moskau schien frei zu sein.

„Auf diesen Bildern", Amou deutete auf den Schirm, „sind die Toten nicht wirklich. Sie sind so winzig und so weit weg. Ein einzelner, der vor Schmerzen schreit, hier, vor unseren Füßen, ist viel furchtbarer."

Sie hatte recht. Ich wußte darauf nichts zu sagen. Auf diese Weise tötete man eine Welt, einigte sie aber nicht. Napoleon hastete weiter, bis zur Moskwa. Hundertsiebzigtausend Russen verteidigten Fluß und Stadt. Am siebenten September fingen Napoleons fünfhundertachtzig Kanonen zu feuern an. Einen ganzen Tag lang folgte eine gewaltige, mit erbitterter Wut, Todesverachtung und ungeheuerlichen Menschenmassen geführte Schlacht. Die Erde zitterte unter dem Donner und den Hufen von zehntausend Pferden.

Der Tag ging unter im Geschützfeuer und in Rauchwolken, die an einen ausbrechenden Vulkan erinnerten.

Am Morgen schätzte man die ungeheure Zahl von fast hunderttausend Toten, die das Schlachtfeld bedeckten.

Napoleons Vorhut ritt in eine schweigende, ausgestorbene Stadt ein. Fast alle Bewohner hatten sich versteckt, waren geflüchtet, und in vielen Häusern warteten freigelassene Zuchthäusler darauf, das angehäufte brennbare Material anzuzünden. Gouverneur Rostopshin hatte diese Befehle gegeben.

Am 15. September setzte sich Napoleon auf den Thron des Großen Iwan im Kreml.

Die Franzosen besetzten eine Stadt, in der es alles im Übermaß gab – nur keine Menschen.

Die Beute war monströs.

„Er scheint erreicht zu haben, was er wollte. Jetzt verläuft eine Grenze Frankreichs an der Moskwa. Aber dazwischen liegen hundert andere Länder", sagte Amou.

„Nonfarmale war da, und er verschwand so schnell, daß ich ihn nicht mehr erreichen konnte", sagte ich. „Und nicht nur ich warte auf den russischen Winter."

Riancor und Boog rüsteten im Turm über dem Lech den Gleiter aus und warteten auf meine Befehle. Ich verließ Amoustrella, als ein Lagerhaus brannte, das Schnaps und andere Getränke enthielt. Im Basar entwickelte sich der nächste Brand. Löschen schien sinnlos zu sein, so wütend loderten die Flammen. Gleichzeitig erhob sich ein Sturm in der Tag-und-Nacht-Gleiche, und auf diesen Sturmwirbel flog ich zu.

Am 18. September, während der Regen die traurigen Reste des infernalischen Brandes von Moskau löschte, als Napoleon sich wieder der Stadt näherte, dieser gigantischen, geschwärzten Ruine, kreiste ich durch eine Wolke von schauerlichem Rauchgeruch und suchte nach Nonfarmale. Wie Spürhunde begleiteten mich drei Sonden und der kleinere Gleiter, den Boog steuerte.

Am 23. September traf ich Napoleon Bonaparte. Es war Nacht. Napoleon wartete darauf, daß der Kreml, von seinen Sappeuren und Mineuren vorbereitet, in die Luft flog.

„Majestät sollten sich gut anziehen", sagte ich leise. „Sie läuten auf Ihre Art den russischen Winter ein."

Der Brand, der bis zum 19. September gedauert hatte, war vorbei. Moskau gab es als Stadt nicht mehr; die Reste stellten sich als ungesunde Kloake dar, in der die Überlebenden, die in den Wäldern der Umgebung hausten, nach Eßbarem suchten. Es war kurz vor zwei Uhr. Fackeln beleuchteten die Gruppe, die Bonaparte umstand.

Er fuhr herum, begrüßte mich herzlich, stellte mich Marschall Mortier vor und sagte:

„Die Burg ist nicht zu verteidigen. Wir marschieren am vierundzwanzigsten nach Dwina, auf Petersburg zu und Wilna. Reiten Sie mit mir, Scheich?"

„Vielleicht, wenn es nicht zu beschwerlich wird."

Das Zeughaus, die Kasernen und die Magazine flogen nacheinander in donnernden Detonationen in die Luft. Staub und Rauch vergrößerten die Wolken aus stinkendem Qualm, die über den Resten der wenigen steinernen und vielen Holzhäuser lagen. Das Wahrzeichen der russischen Monarchie brach in sich zusammen.

„Eine weitere Heldentat, mon ami?" fragte ich, als wir auf seinen Wagen zugingen. „So wie die füsilierten elf

Offiziere des Ferdinand Schill? Oder die anderen, die du auf die Galeeren geschickt hast? Der kaiserliche Leu hat Magenschmerzen und wird aus Rachsucht kleinlich, nicht wahr?"

„Es waren Aufrührer. Partisanen. Ich brauche keine Vorhaltungen, Atlan. Ich brauche Hilfe."

„Dann marschiere zurück und verteidige dich gegen die Russen. Sie werden den offenen Kampf scheuen und euch unausgesetzt angreifen. Bleibe bei den Truppen."

„Genau das werde ich tun. Und du wirst mich unterstützen?"

„Ich versprech's."

Napoleon wartete noch immer auf die Unterhändler des Zaren. Sie waren ausgeblieben: Ein Zeichen, daß auch der Zar auf seinen mächtigsten Verbündeten hoffte. Es war der sibirische Winter.

Das sonnige Wetter hielt während des ganzen Oktober an. Das französische Heer marschierte in westliche Richtung, auf das Großherzogtum Polen zu. Manchmal ritt ich – besonders nach dem Überfall der viertausend Kosaken bei Weronowo – neben dem Kaiser. Erst Tage später konnte ich, während abseitse des Heereszugs Amir Darcy Boog den unsichtbaren, bis an die Leitungsgrenze beladenen Gleiter steuerte, die Teile seines Monologs zu einem Ganzen zusammenfügen: Napoleons Träume für die Zeit des Großen Friedens.

„Unzählige neue Arbeiten werden ausgeführt, zum Wohl aller Menschen. Ein europäisches System wird gegründet, auch wenn es lange dauert. Die europäische Vereinigung sollte gleiche Prinzipien erhalten, gleiche Gesetze, einen Kassationsgerichtshof, der Irrtümer beseitigt, gleiche Münzen, Gewichte, Maße und ein einziges Volk aus vielen Vaterländern, das will ich schaffen."

Und später, am Abend des 25. Oktober, im Biwak:

„Freie Schiffahrt auf allen Meeren und Flüssen für alle Nationen! Die Heere werden aufgelöst, und nur eine Garde bleibt für mich. Wenn ich wieder in Frankreich bin, werde ich die Unverletzbarkeit aller Grenzen erklären, und zukünftig werden Kriege nur dann sein müssen, wenn sich ein Land verteidigt. Jede Vergrößerung des eigenen Territoriums gilt dann als antinational und wird bestraft."

„Das bedeutet", wandte ich ein, „daß die Diktatur Napoleons vorbei wäre und daß der Kaiser eine konstitutionelle Regierung leitet?"

„Mit meinem Sohn als Mitherrscher, sobald er volljährig ist", sagte Bonaparte.

Am 7. November setzte die Kälte aus den sibirischen Tundren ein. Jede Nacht erfroren in den Biwaks Hunderte Pferde. Wir marschierten in die Richtung auf Warschau zu, rechts von uns lag die russisch-wolhynische Armee. In Smolensk erfuhr Napoleon von mir, wie die Sache stand, und verließ die Stadt am 13. November. Die Kälte nahm zu und erreichte barbarische Tiefe, etwa dreißig Teilstriche auf meinem Thermomesser. Glatteis, auf dem sich Tiere und Menschen die Füße und Arme brachen, bedeckte die Wege. In wenigen Tagen verloren wir mehr als dreißigtausend Pferde. Unseren Weg säumten zerstörte Wagen, Lafetten und Geschütze. Am 14. November schien der tiefste Punkt der Hoffnungslosigkeit erreicht.

Boog und ich umkreisten die traurigen Reste des Heeres mit dem Gleiter. Die Kosaken, die Napoleons Zug aus den Verstecken heraus überfielen, konnten wir meist aufhalten, indem wir die Lähmstrahler mit halber Kraft einsetzten und die Psychostrahler benutzten. Aber wir konnten nicht überall zur gleichen Zeit sein, zudem hielt sich die Nachhut unter Marschall Ney hervorragend.

Am 19. November überschritten wir bei Orscha den Dnjepr.

„Und in Paris, im Schoß des herrlichen und großen

Frankreich“, führte Bonaparte weiter aus, „erkläre ich die Unverletzbarkeit der Grenzen, in der Hauptstadt der Welt. Alle Nationen werden uns beneiden! Und in meinem Alter reise ich mit meiner Frau und meinem Sohn auf den guten, von Pappeln bestandenen Straßen im Wagen in alle Gegenden Europas. Ich besuche die glücklichen Menschen, nehme Klagen entgegen, schlichte Streit und hinterlasse Denkmäler meines Wohltätigkeitssinns und der Gerechtigkeit.“

Das wird er nicht erreichen, aber vielleicht schaffen es die europäischen Barbaren im Jahr zweitausend! sagte zweifelnd das Extrahirn.

Am 25. November erreichten wir die Beresina. Die Brücke war verbrannt. Nonfarmale erschien kurz nach dem Morgengrauen und schwebte, kaum sichtbar, auf einem fast weißen Saurier über den gefrorenen Sümpfen an den Ufern des Flusses. Eisschollen trieben in den Wellen. Ich zeigte auf die schneebedeckten Verschanzungen einer russischen Abteilung. Beim Dorf Studienka zimmerten die französischen Pioniere an zwei Brücken über die Beresina, die an dieser Stelle knapp hundert Meter breit war.

„Diese Batterie wird gerade angegriffen. Sobald sie genommen ist, stellst du dich mit eingeschaltetem Deflektor zwischen die Kanonen und feuerst ununterbrochen auf Nonfarmale. Das Ziel klar erkannt, Boog?“

„Oui, mein Gebieter“, sagte er. Der Gleiter schwirrte abwärts und landete im Schnee. Wir luden die Raketen in den dünnen Führungsrohren ab, das Desintegratorgeschütz und eine Anzahl anderer Geschosse. Ich aktivierte die Funkverbindung und raste wieder los, auf die andere Seite des Flusses.

Die Kämpfe, die den Übergang begleiteten, dauerten fast drei Tage lang. Nonfarmale erschien, verschwand, kreiste erneut, schien sich abermals spurlos aufzulösen.

Zwischen leergeschossenen Kanonen versteckt, neben mir die starrgefrorenen Leichen von Soldaten, feuerte ich auf Nahith Nonfarmale. Der Saurier wurde getroffen und verbrannte. Nonfarmale verschwand und war zwei Stunden später wieder da, auf einem ähnlichen Untier. Raketen heulten auf ihn zu und detonierten wie kleine weiße Sonnen im Schutzschirm. Hochenergiestrahlen kreuzten sich mit den Bahnen der Schrapnells und unzähliger Gewehrschüsse.

Boog und ich versuchten ununterbrochen, den Barbaren zu helfen. Wir retteten zahllose Verwundete aus dem eisigen Wasser, aber unsere Fähigkeit hatte Grenzen.

Die Verwundeten, die wir nicht fanden und bargen, erfroren jämmerlich. Marschall Oudinots Truppen kämpften bis zur Selbstaufgabe. Mann um Mann überquerte auf der Notbrücke den Fluß. Wir überschütteten Nonfarmale, wenn er sich zeigte und tief genug über dem riesigen Schlachtfeld schwebte, mit einem Hagel glühender Schrapnelle und mit den röhrenden Strahlen der Hochenergiewaffen. Zweimal gelang es uns, im konzentrierten Feuer den Schirm zu durchdringen; er selbst schien zu lodern. Aber dann wurde er wieder unsichtbar, und wir kümmerten uns um sterbende Russen und ertrinkende Franzosen.

„Die Raketen sind verschossen“, teilte mir Boog schließlich mit. „Die Energiemagazine erschöpfen sich.“

„Ich habe keinen Ersatz mehr“, sagte ich. „Konzentrieren wir also sämtliche Energie auf den nächsten Angriff gegen Nonfarmale. Ich gebe das Signal, und du rufst mich, wenn du ihn geortet hast.“

„Aye, aye, Sir Atlan ben Aracon.“

Wieder brach eine neue Phase des Kampfes los. Schüsse peitschten, und Querschläger heulten, von den Eisplatten abprallend, durch die Luft. Männer schrien, Pferde gingen durch und verfingen sich im Zuggeschirr und in den Zügeln.

Tatsächlich konnten die Franzosen noch Gefangene machen; Pferde wurden eingekreist und davongetrieben. Auf dem Schlachtfeld zwischen den sumpfigen Ufern und den Wäldern bildete sich am Nachmittag eine seltsame Art von Ordnung heraus; die Soldaten des Kaisers sammelten sich, während er mit niedergeschlagenem Blick stundenlang dem Vorbeimarsch eines geschlagenen Heeres zugesehen hatte.

Geschütze spien ihre tödliche Ladung in dichtgeballte Gruppen stürmender Kürassiere.

Die Verbände der Marschälle Oudinot und Victor wurden vom russischen Dwina-Heer angegriffen, und die Wolhynia-Abteilungen stießen dazu.

Marshall Ney stellte seine Abteilungen auf, und die Weichsellegion berannte die Truppen des feindlichen Zentrums in den Wäldern. Fünfzig Tage Marsch über Eis und durch Schnee, ohne Wärme und Ruhe, ständige Überfälle der Kosaken und die Erscheinungen des Rückzugs im russischen Winter, dessen Grausamkeit kein Franzose sich hatte vorstellen können, lagen hinter der Truppe. Sie liebte ihren Kaiser wirklich, denn keine Macht der Welt hätte sie sonst zwingen können, mit derartiger Verbissenheit zu kämpfen.

Wieder tauchte Nonfarmale auf, und wir zielten auf ihn, feuerten die letzten Energien unserer Arsenale auf ihn ab und vertrieben ihn.

Hochenergiewaffen bombardierten seinen Schutzschirm.

Die Thermostrahler schnitten Lücken in die Energiehülle, und die Granaten heulten aus den Abschußvorrichtungen und detonierten über dem Schlachtfeld. Zwischen den mächtigen Wolken der Pulvergase wetterleuchtete es.

Grelle rote Detonationen bliesen die Wolken wieder auseinander und an anderer Stelle zusammen.

Ich hielt den schweren Strahler in beiden Händen, stützte meine Ellbogen und Handgelenke auf das eisige Bronzerohr einer halbgeborstenen Kanone und versuchte, die Öffnung im Schutzschirm zu treffen. Der Saurier spürte Hitze und vernichtende Strahlung, drehte seinen Schädel hin und her und flüchtete mit wilden Schlägen der riesigen Schwingen auf das Tor zur anderen Welt zu, das keiner von uns sehen konnte.

Ich feuerte ununterbrochen. Glutstrahlen zerplatzten auf dem Schirm und heulten ins Innere. Boog hatte etwa zwei Dutzend russischer Beutekanonen geladen und schuftete wie ein Rasender an den Rohren. Er stemmte sie herum, richtete sie aus und zündete sie mit einem seiner Fingerstrahler. Die Ladungen waren stets an der Zerstörungsgrenze der Bronzerohre. Geteilte Ladungen und massive Geschosse trafen den flüchtenden Nonfarmale, und ein Teil des Metalls kreischte durch die Lücken des Schirms. Durch Rauch, Flammen und Blitze glaubte ich zu sehen, wie Nonfarmales Körper mehrmals zuckte und halb aus dem Sattel gerissen wurde.

Boog feuerte das letzte Geschütz ab, berichtete kurz und stieg in den Gleiter.

„Komm herüber zu mir, und wenn dich niemand sieht, schalte den Deflektor ab“, sagte ich und senkte meine Waffe. Nonfarmale war in einer gewaltigen glühenden Wolke verschwunden, und ich bezweifelte, daß er in absehbarer Zeit zurückkommen würde. Daß ich ihn selbst mit diesem Aufwand hatte töten können – ich wagte es nicht zu hoffen.

Der Gleiter erschien plötzlich vor einer Schneewehe, in der Deckung einer halb niedergelegten Schuppenwand.

Als ich erfuhr, daß der Kaiser zwei Tagesreisen vom Sammelpunkt Wilna entfernt die Reste seines Heeres verlassen hatte, verlor ich den Rest meines Vertrauens zu Napoleon. Ob er feige geflohen war wie aus Ägypten, oder ob es scheinbar taktische Gründe dafür gab, interessierte mich nicht mehr. Seinen Traum vom geeinten Europa würde er nicht verwirklichen, denn auch er konnte nicht über seinen jämmerlichen Schatten springen. Ich flog zurück zum Turm, und nachdem ich ausgeschlafen hatte, schaltete Boog die Bildverbindung zu Amoustrella und Riancor.

„In einer Stunde bin ich bei euch", sagte ich. „Während wir versuchen, mit der LARSAF einen kühnen, kurzen Sprung durchzuführen, wird sich das Schicksal des Korsen wohl erfüllen."

„Aus Beauvallon nur beste Nachrichten", sagte Riancor. „Du schickst Boog in die Kuppel?"

„Er räumt die Werkstatt auf und versorgt den Gleiter", sagte ich. „Hast du deutlich gesehen, was mit Nonfarmale wirklich passierte? Ich nicht."

„Ich habe viele Aufnahmen, aber keine davon ist hundertprozentig aussagekräftig. Aber bis jetzt ist weder in Rußland noch an anderem Ort eine Strukturöffnung anzumessen. Die Wahrscheinlichkeit, daß er schwer verwundet wurde, beträgt über neunzig Prozent."

Ich lächelte Amou an.

„Stell den Rotwein warm, Geliebte! Ich werfe mich nur noch in den Strandanzug."

„Alles ist bereit", sagte sie. „Was ich nicht weiß, wirst du mir erzählen. Und die tiefe Enttäuschung, die ich in deinem starren Gesicht sehe, wird auch vergehen."

Ich nickte.

„Napoleon ist nur der Begriff für einen weiteren Ast eines Baumes, der verdorrt. Ich bin recht geübt darin, mich nur an das Schöne zu erinnern."

Sie breitete die Arme aus.
„An mich beispielsweise."
„Genau dich meine ich, Amou."
Als das Innere des Turmes, der als Felskanzel in der winterlichen Voralpenlandschaft stand, wieder in einen technischen Winterschlaf zurückgeführt war, aktivierte ich die Transmitter. Der Roboter verschwand; ich stellte die Koordinaten des Samuraidorfs ein und wechselte an ein anderes Ende der Welt über, aus dem russischen und deutschen Winter in den Sommer der Insel. Amoustrella umarmte mich, wir sprachen leise und tranken Wein, und als ich schließlich vor dem schimmernden Rumpf der LARSAF ZWEI-DREI stand, wußte ich, auf welche Weise wir die Zeit bis zu dem Tag verbringen würden, an dem wir freiwillig einschlafen würden.
„Und trotzdem", sagte ich irgendwann nachts, „werden wir zusehen, welchen Weg die Menschen beschreiten. Mein Bedürfnis, ihnen zu helfen, ist auf wenige Exemplare und Orte beschränkt und zur Zeit nicht eben sehr groß."
In den Eukalyptusbäumen lachten die Vögel wie Pariser Marktfrauen.
„Ich sorge dafür, daß deine Erinnerung an die nächsten Tage und Wochen einmalig bleiben wird." Amoustrella küßte mich lange und leidenschaftlich. Ich murmelte:
„Du jedenfalls bist auf dem besten Weg."
Wir schliefen, eng aneinandergeschmiegt, aber es war nicht der lange, kalte Schlaf zwischen arkonidischen Maschinen. Der Morgen war nicht fern; ein neuer Morgen, nur für uns, ohne die Wirrnisse barbarischer Sinnlosigkeit. Amoustrella lächelte im Schlaf.

ENDE